COLLECTION FOLIO

Laurine Roux

Le Sanctuaire

Gallimard

Professeure de lettres modernes et écrivaine, Laurine Roux est l'autrice de trois romans, *Une immense sensation de calme*, récompensé par le prix SGDL Révélation 2018, *Le Sanctuaire*, Grand Prix de l'Imaginaire 2021, et *L'autre moitié du monde*. Elle écrit également des nouvelles et de la poésie. Le prix international de la Nouvelle George Sand lui a été remis en 2012.

Au petit peuple de Walden junior.

Si le monde n'est qu'un récit, qui d'autre que le témoin peut lui donner vie ?

CORMAC MCCARTHY,
Le Grand Passage, La Trilogie des confins,
traduction de François Hirsch
& Patricia Schaeffer

Papa secoue le jerrican. Un fond d'essence cogne contre l'acier dans un bruit désolant. Papa jure. Il n'a aucune envie de s'y coller. Pourtant va falloir descendre dans les vallées, dégoter une ou deux carcasses de voiture à siphonner. Une histoire de quelques jours. Avant de partir, il distribue les postes. June : ministre de l'Énergie (gérer le tas de bûches), moi : ministre des Armées (chasse et entretien des couteaux). J'en conçois une grande fierté. Pour rien au monde je ne voudrais être destituée, alors je m'applique. Beaucoup. Maman : ministre de la Culture et de l'Éducation. Et quand on se dispute : à la Justice.

Dans l'attente du retour de Papa, notre petit gouvernement administre le Sanctuaire.

Chaque matin je me lève à l'aube, quand les brumes de la vallée trempent le pied des montagnes. La veille, Maman a allongé le fond de soupe laissé sur le poêle ; j'en remplis une gourde, puis me barbouille le visage de cendres et décroche mon arc. Avant de sortir, je pose un baiser sur son front. Des notes d'amande et de reine-des-prés s'échappent de ses cheveux. Elle murmure *Mon amour, mon cabri*... Les mots planent, enrubannés de songes. June s'étire. J'alimente le feu pour qu'elle n'ait pas à se lever tout de suite.

Autour de la maison le sol crépite, piégé par le givre. Il va falloir continuer à couvert ; les aiguilles des conifères étoufferont mes pas. Je pénètre l'épaisse forêt à l'aveuglette. Pour m'habituer à l'obscurité, je fais la souche, toute droite, très attentive. Un vacarme minuscule colonise la nuit. En me concentrant je suis capable d'entendre la succion d'une larve qui mâchonne le bois. Plus bas, le torrent hoquette sans couvrir tout à fait le sifflement d'un merle. Je me contracte, bloque ma respiration : effacé le souffle, annulée la distance. Je peux deviner dans quel arbre l'oiseau est perché, sur quelle branche. Inutile de le tuer, je vais passer par le nord, simplement l'éviter.

J'ouvre très grand mes yeux, me faufile dans l'ombre, à droite, à gauche, entre les troncs, le plus vite possible, allez, allez. Bientôt, la barre rocheuse est gravie. En amont la forêt se clairsème, grignotée par les pierriers. Parfois un pin joue les fantassins, jaillit des éboulis. Je grimpe dans le plus proche, observe les alentours. L'aube lessive l'horizon. Cinquante mètres plus bas, une forme brunâtre. L'animal doit faire soixante centimètres au garrot, la croupe blanche. Pas encore de bois ; huit mois tout au plus. Pourtant un beau chevrillard déjà. Par chance le vent vient du sud, l'approche n'en sera que plus facile.

Je me laisse couler le long du tronc, rampe jusqu'en lisière de forêt, serpent qui glisse, surtout ne pas alerter le reste de la harde ; ils sont peut-être à l'abri. Je ferme les yeux, attends. Hormis les mâchoires qui broient les touffes d'herbe, il n'y a aucun bruit.

Un solitaire. Gloria !

Je continue, me camoufle derrière une souche, plaque ma bouche contre le pin, extirpe lentement une flèche de mon carquois. Je les fabrique moi-même. Papa m'a appris à choisir le bois — églantier, cornouiller ou prunier sauvage —, à le couper, plutôt en hiver pour éviter qu'il ne se fende au séchage, à l'écorcer, le redresser à la chaleur. Les fûts doivent être les plus solides et droits possible. J'aime ça. Raboter jusqu'à ce que la flèche passe dans le calibre percé dans un os. Huit millimètres de diamètre pour les longues, sept pour les courtes. J'aime graisser les fagots afin que le bois conserve sa blondeur. Et par-dessus tout j'aime fabriquer mes pointes. Il suffirait de prélever un éclat de pierre, mais ce serait passer à côté du meilleur ; fureter aux abords de la mine, désosser une scie, un vieux couteau et travailler la matière jusqu'à obtenir l'extrémité la plus affûtée. Au fil des rapines, Papa nous a équipés. Cisaille à tôle, tenailles, étau ; de quoi faire du bon travail. Je passe un temps infini dans l'appentis à couper, marteler sous le regard fier de Papa. Gloria !

En saisissant l'arc, je vacille. À peine, mais cela suffit. Le chevrillard lève la tête. Je ferme les yeux, cesse de respirer. Papa m'a appris *Pierre, tu es une pierre.* Alors je répète *Pierre, je suis une pierre.* Une fois, deux fois, trois fois. À la dixième, je relève les paupières. L'animal broute de nouveau.

Plus de place pour l'erreur : relâcher les épaules, la tête dans l'axe de la cible ; détendre les doigts, fluides, tout en pointant le bras, muscles en extension. L'index, le majeur et l'annulaire : sur la corde. Elle se tend, chatouille ma narine. Sa vibration gagne mes joues, la pulpe de mes lèvres, se propage dans ma bouche. Je salive, déploie mon dos en omoplates de chauve-souris. Mes yeux demeurent vissés à la proie. Je peux patienter de longues minutes comme ça, à jouir de cette maîtrise de moi. Quand l'animal se trouve dans l'axe idéal, je lâche la corde — décharge électrique. Mon esprit se projette en bloc avec la flèche, l'air chauffe, brûle, très vite c'est l'impact : peau qui résiste, fléchit, cède, chaleur humide du métal qui pénètre la chair. Surtout, maintenir la position : la bête n'est pas morte. Un cerf peut courir deux kilomètres une flèche en plein cœur.

J'ai visé les poumons. La bête doit mourir sur-le-champ. C'est ce que Papa m'a appris. Sa leçon reste cuisante. Le jour de mes six ans, il m'avait offert un arc. Mon premier. On était partis l'essayer dans les pierriers. J'avais repéré un lièvre. Deux secondes plus tard, l'animal se débattait, une flèche dans la cuisse. J'étais douée ! Fallait me voir sauter de joie, *Je vais te dérouiller ! Je vais te dérouiller !* D'un revers de main, Papa m'avait fait valser. *Tu veux ôter la vie d'une bête ? Prends-la du premier coup.* Et il m'avait forcée à dépecer le lapin encore vivant. Plus jamais je n'ai raté ma cible. Si je ne le sens pas, je laisse échapper l'animal.

Le chevreuil titube, s'affaisse sur ses pattes avant puis s'écroule. Trop hautes, les touffes d'herbe m'empêchent de doubler d'un tir dans la tête. Il faut l'achever au contact. Je me lève et me dirige droit sur lui.

J'honore ta présence
J'honore ton flair
J'honore ton sang

Puis le coup de lame à travers la jugulaire. Pour éviter d'attirer les charognards, il faut l'éviscérer rapidement. Les organes au sol forment une fleur nauséabonde. Les mouches commencent à s'agglutiner : je recouvre les viscères de pierres, charge la dépouille sur mon dos et entame la descente. Le corps du chevreuil est encore tiède ; merci, la bête, de me réchauffer dans le froid.

Arrivée à la cabane, je me dirige aussitôt vers l'appentis. June se joint à moi, nous attachons le chevreuil par les pattes arrière. Les gestes ont été tant de fois répétés qu'ils nous sont devenus presque machinaux. Planter le couteau — odeur de fer toujours plus forte à mesure que l'on s'enfonce dans le muscle —, décoller la peau, et les allers-retours de la scie pour séparer la carcasse en deux. Ensuite, c'est comme défaire un puzzle, explique June. Il suffit de découper au bon endroit, un os, un ligament, et les quartiers se détachent. J'aime lorsque les heures passées à aiguiser les lames prennent leur sens, quand ma sœur se réjouit, *On entre comme dans du beurre.*

À midi, on arrache la langue et on coupe la tête en deux. Maman nous rejoint pour le salage. Elle a apporté la caissette de sel. Sur l'établi, nous frottons les morceaux avec vigueur. Le rouge sombre et humide de la viande se paillette de cristaux, Maman murmure *La constellation du chevreuil,* se ravise immédiatement, *Ça prendra une vingtaine de jours,* puis s'affaire à entreposer les quartiers dans le saloir. Nous avons fini le stock de sel, il faudra retourner en chercher. Maman nous fait venir jusqu'à elle, dépose un baiser sur notre front. Elle presse si fort que cela fait mal.

*

Le ragoût d'épinards mijote sur le poêle ; plutôt un bouillon à la surface duquel surnagent des feuilles molles. Une odeur fade envahit la cabane. De la buée couvre les vitres, June l'essuie nerveusement. *De la lumière, bon Dieu, on a besoin de lumière.*

Après le repas nous nous installons sur la paillasse, près de l'âtre. À chaque rapine, Papa essaie de rapporter un livre ou deux. Maman les a tous rassemblés sur une étagère qu'elle appelle la Grande Bibliothèque d'Alexandra. Elle parcourt du doigt leurs dos jaunis, les caresse sans parvenir à se décider. Tant de mondes miniatures… Autant de contrées restées intactes après la catastrophe, de villes peuplées d'enfants qui coursent les pigeons voleurs de goûter, de maisons où les vieillards trompent leur solitude en déposant des miettes sur le rebord des fenêtres, de mois de novembre où l'on guette impatiemment le passage des oies sauvages en route vers le sud… Voilà ce que Maman effleure du bout de ses doigts. June et moi demeurons silencieuses. Maman finit par s'arrêter sur un volume plus épais. Sourit sans que nous comprenions pourquoi. Puis vient s'installer confortablement entre nous.

Achille était le fils de Thétis et de Pélée, sang de nymphe, lignée de roi. Jamais Thétis n'aurait eu l'idée d'épouser un simple mortel ; Zeus brûlait d'amour, elle avait le monde à ses pieds. Mais l'augure avait proféré : un terrible malheur allait s'abattre sur l'Olympe. Ce malheur naîtrait du ventre de Thétis : le fils vaincrait son père. Les dieux frémirent. Si Zeus fécondait la nymphe, sa semence le perdrait. On conçut une machination. Dans le secret des alcôves, on décida de lier Thétis à un mortel. Jamais le descendant d'un humain ne les inquiéterait. On choisit un roi pour apaiser la colère de la divinité.

Le choix se porta sur Pélée, qui régnait sur les Myrmidons en traînant sa vieillesse amère. Lorsqu'elle le découvrit, Thétis eut un haut-le-cœur. Non, elle ne se laisserait pas séduire ! Non, il n'aurait pas son hymen ! Elle se faufila entre les colonnes blanches et courut à perdre haleine loin du monarque et de ses désirs égrotants.

Quand Pélée constata sa disparition, la colère obscurcit son regard. Dût-il s'arracher la peau des talons, il aurait sa promise. Mais il eut beau la poursuivre, Thétis changeait chaque fois de forme, prenant tour à tour l'aspect d'une seiche, d'un lion ou d'une étincelle. Chaque fois elle s'échappait.

C'est alors que Chiron apparut. Sage parmi les sages, il connaissait le monde invisible et indiqua à Pélée, son petit-fils, dans quelle grotte la néréide s'était réfugiée. Il lui révéla comment la soumettre. Pélée l'entraverait avec des chaînes. De métamorphose en métamorphose, la belle s'épuiserait. Lasse, elle n'aurait d'autre choix que de reprendre forme humaine ; alors il la posséderait.

Ainsi fut fait. Pélée gagna la grotte. Il enchaîna la jeune néréide. Sous son joug elle se transforma en pieuvre, nuée de sauterelles, corne de taureau, pour finir en larme. Quand, exsangue, elle reprit forme humaine, il s'enfonça en elle.

De leur union naquit un fils. Thétis vit la tendreté de la peau, vibra d'amour, trembla de peur. Jamais elle ne supporterait qu'il périsse.

Maman marque une pause. A-t-elle frémi ? June attrape sa main. L'humidité de la cabane fraîchit l'air. Je me blottis dans le nid de ses cheveux, leur parfum d'amande et de reine-des-prés. Elle reprend son souffle.

Alors, espérant défaire le nourrisson de sa nature mortelle, Thétis le plongea dans le feu. Las, l'enfant n'y résista pas et brûla sous les yeux de sa mère.

Thétis eut un deuxième fils. Lui aussi fut soumis à l'épreuve des flammes. Lui aussi succomba.

Elle immola ainsi six enfants.

Lorsqu'elle accoucha du septième, Thétis connaissait les gestes par cœur. Elle barbouilla le corps potelé d'ambroisie, qui brilla dans la lumière orangée. Lorsqu'elle le présenta au bûcher, les lèvres du poupon commencèrent à cloquer. C'est à ce moment que le père surgit. Il arracha l'enfant des bras de l'infanticide.

Plus tard, Thétis demanda à voir son fils. Elle mollit dès son premier regard, obtint la permission de tenir le petit contre elle. Dans son cœur tous les remparts s'effondrèrent.

Longtemps elle pleura, se lavant de sa fièvre assassine. Elle aimait Achille d'un amour total, comme savent aimer les mortelles. Elle acceptait déjà que l'outrage à la chair de l'un offense celle de l'autre, que les maux de l'enfant lui rompent la nuque. Mais qu'en lui donnant la vie elle l'expose à la mort, à cela elle ne pouvait se résoudre. La peau était trop fine, trop fragile, et ses vieux démons n'en finissaient pas de la glacer.

Une nuit, n'y tenant plus, elle se leva, emmaillota l'enfant et prit la direction de la forêt. Elle s'enfonça dans les ombres, toujours plus profond dans les sucs de la terre, par-delà le fleuve des flammes et celui du chagrin, là où les araignées et les serpents s'abreuvent pour féconder leur venin, s'approchant du noyau où coule le fleuve lugubre des morts.

Lentement elle défit les langes de l'enfant tout en se gardant du moindre bruit — le Gardien des Enfers sommeillait — et, dans le Styx, délicatement plongea Achille. Elle le tenait par le talon, petit globe de chair qui se reflétait en teintes grisâtres à la surface de l'eau. La mère étouffa un cri ; elle venait de reconnaître la couleur des cadavres. Thétis essuya sommairement Achille et s'enfuit.

Longtemps cette vision la hanterait. Elle aurait beau implorer pour que son fils demeure au palais, pour qu'il reste à l'abri quand tonneraient les chasses et les canons, elle savait que rien ne le protégerait à jamais.

Ainsi en est-il du cœur des mères : il bâtit des remparts de tendresse qui protègent les rires et conjurent le sort, mais toujours une porte reste ouverte sur l'abîme car il suffit d'un coin d'os ou de peau pour que la mort brise la lumière.

Maman lève sa tête vers nous. Ses yeux nous enveloppent de quelque chose de gris, quelque chose de doux, petit ventre de souris.

*

Du monde, je sais seulement ce que Papa et Maman m'ont raconté. June n'en sait pas beaucoup plus. Quand elle a vu le jour, Papa aimait jeter du pain aux mouettes et tous les trois vivaient dans une maison sur pilotis au bord de la mer.

Jamais je n'ai vu la mer. Du Sanctuaire, en revanche, je connais chaque millimètre : la moindre brindille, le plus reculé des terriers. Tout est cartographié dans ma tête. Je pourrais traquer une bête les yeux fermés.

La Dent de Fer est notre limite. Papa seul a le droit d'aller outre. Il dit que notre royaume est immense, qu'il vaut le monde entier. Papa a raison : il suffit de contempler le flot des arbres, ligne mouvante qui sépare la terre et le ciel, pour oublier que nous sommes des rescapés. Ici, nous sommes des rois. Gloria !

Avant le Sanctuaire, Maman écrivait des romans. Elle n'a pas vraiment arrêté. Désormais ils ressemblent à tout sauf à des livres. Des bouts d'écorce ou d'emballages que Papa lui rapporte et qu'elle coud comme elle peut. Maman a utilisé toutes les feuilles dénichées dans les bureaux de la mine. C'est sur ce papier qu'elle a rédigé le *Manuel d'instruction* et le *Registre.* Son écriture a recouvert les plans, bordereaux, duplicatas, de sorte que notre vie s'hybride à la mémoire des lieux, à la manière de Papa qui a désossé les bureaux pour édifier notre cabane.

Entre deux rapines, quand elle n'a plus rien sur quoi griffonner, Maman se met à parler. Sa voix coule. June et moi nous asseyons à ses pieds, attendons que le flot nous emporte. Les mots tombent en courbes ou en angles droits. Les lignes parallèles deviennent des rues qu'elle goudronne en répétant, *noir, noir comme le dessus d'un gâteau brûlé, avec cet arôme d'huile de cade*, et grâce à ces lignes elle construit des lotissements les soirs d'août, quand le sucre des tilleuls se mêle au macadam. Sa voix installe des bancs sous les catalpas, y dispose des familles qui se promènent main dans la main. Une petite fille pousse une trottinette. Chaque fois qu'elle donne une impulsion, les volants de sa robe se soulèvent. Un peu plus loin, un homme fait le plein dans une station-service. Autour de son poing les vapeurs d'essence brouillent l'air ; elles rappellent les toiles de Monet, les préférées de Maman, leur *trouble irrésolu, nacré, qui laisse croire qu'un autre monde est possible.*

Maman a raison. Un autre monde existe. Dans sa bouche, le passé trouve chair. Le vide derrière la montagne aussi. Je ne connais ni l'huile de cade ni les lotissements, pas plus que le travail des impressionnistes, mais à ses pieds j'éternue à cause du mimosa, mâche ses phrases jusqu'à ce qu'elles emplissent ma gorge de briques, frigos américains, vin blanc et électricité, qu'elles y versent des litres de café et d'air climatisé. Dans les histoires de Maman je peux m'asseoir à la terrasse d'un bar et commander un sirop. Je le bois avec une paille. La cassonade caramélise ma langue.

*

Le stock de sel est épuisé, nous devons retourner en chercher. Aucune de nous ne peut dire quand Papa reviendra. Il va falloir se débrouiller sans lui. Maman élude le problème d'un geste de la main : plus tard, elle a du travail. Je déteste quand elle fait ça.

Un jour, en consultant les archives de la mine, elle avait découvert qu'un homme y avait été emmuré vivant. Effondrement d'un boyau ou problème technique, je n'avais pas bien entendu ; seules quelques bribes de conversation étaient parvenues à mes oreilles quand elle l'avait raconté à Papa. Ils me croyaient endormie. Je me rappelle parfaitement le rire de Papa, avalanche dans la gorge. Il avait dit *Un fantôme ?* Et tout à coup le silence, et Papa de nouveau sérieux. Mieux valait serrer la main d'un zombi que de caresser le moindre piaf. Maman n'avait rien répondu. Souvent Maman ne répond rien. Tout bas elle rumine. Je n'aime pas cela. Ce sont les cerfs qui ruminent.

Aujourd'hui, encore le silence. Les mains de Maman suturent le ventre amoché d'un épouvantail.

Mon amour, mon cabri. Mon tout petit ours. Ma vie.

Elle fredonne quelques notes de *Hippie Hippo Pop* qui la soustraient au monde alentour. June me chuchote quelque chose à l'oreille. Il me semble qu'elle dit *Elle est folle* mais je ne suis pas sûre.

Dès que j'avais entendu cette histoire de fantôme, je m'étais empressée de la raconter à ma sœur. June avait eu cette espèce de sourire qui veut dire chiche ! Et nous avions dévalé la pente jusqu'à la mine. *Tu m'attraperas pas, tu m'attraperas pas !*

Chaque fois que nos parents avaient le dos tourné, nous filions là-bas. Aspirées par le noir. Les toiles d'araignée nous piégeaient, le bois gémissait. Une peur exquise bouillait dans notre ventre. Il fallait toujours aller plus loin, plus profond, jusqu'à ce que des insectes velus nous grimpent sur les pieds. Là, c'était à celle qui résisterait le plus longtemps. L'une ou l'autre finissait toujours par craquer. Un rire, un cri ou l'envie de faire pipi, et nous décampions en nous bousculant jusqu'à la sortie. L'homme emmuré vivant était devenu notre compagnon de jeu, un ami imaginaire qui comblait le vide laissé par l'absence d'autres enfants. Nous l'aimions parce qu'il était à nous. Rien qu'à nous.

Tandis que nous approchons de la mine, June s'immobilise. *Dis, Gemma, ça ne te manque jamais ?* Je ne comprends pas. *Les amis, ça ne te manque jamais ?* Je mets du temps à réagir. Ça doit la décevoir, je le sens au silence qui s'installe. Des amis ? Je n'en ai jamais eu. Il y a June, et tant de choses à faire.

Pour elle, c'est une autre histoire. Avant, elle

allait à l'école, à des anniversaires, contemplait les jouets dans son armoire parfumée. Elle attendait longtemps avant d'en choisir un. Chaque carton semblait si exactement à sa place. Le futur était à l'image de ces boîtes colorées : une succession de jours qui, chacun, recelait une promesse de bonheur. Il suffisait d'ouvrir le couvercle.

Tout était arrivé très vite.

June n'avait même pas eu le temps de dire au revoir à ses camarades.

Aujourd'hui, il est trop tard. Aucun d'eux n'a dû survivre. Pas plus que la quasi-totalité des gens de cette époque : Papi et Mamie, Fuzzy, le frère de Papa, et Blanche, la sœur de Maman. Comme si le monde avait été éteint en quelques jours, balayé par une plume. Parfois j'essaie de m'imaginer leur fuite, les obstacles qu'ils ont dû franchir pour parvenir jusqu'ici ; je compte le nombre de cadavres empilés dans leur tête. Sûrement plus que tous les arbres de la forêt. Ni Papa ni Maman n'ont jamais voulu me raconter. Seule June a quelques fois lâché ceci ou cela, avant de se mordre les lèvres. Une usine à poulets, des bêtes qu'on brûle, et un flash qui tourne en boucle sur les écrans, avec cette voix qui se veut rassurante mais provoque le chaos : *Le virus a muté.* Des bribes, rien que des bribes à rafistoler.

Je suis née dans le Sanctuaire.

Pure, me dit Papa. *Tu dois le rester.*

*

Au moment où nous pénétrons dans la mine, June me tire nerveusement par la manche. Elle a entendu un bruit. J'oriente la lanterne en direction du plafond. Juchée sur une poutre, une silhouette nous observe, deux trous noirs à la place des yeux. Une chouette effraie. D'un ton sec je demande à ma sœur de me passer le lance-pierre. Elle ne l'a pas. Papa nous tuerait s'il l'apprenait. June commence à trembler. Des images bombardent sa rétine. La langue bleue de Mamie, les yeux révulsés de Papi. Elle se pétrifie. Je lui attrape le bras.

Là, là, tout va bien.

Et tandis que je l'encourage, je l'attire vers moi. Nous avançons à pas feutrés. L'animal fait pivoter sa tête. Impossible de détourner mes yeux des billes noires : deux pierres plantées dans un cœur blanc. Je serre fort le bras de June.

Là, là, tout doux.

Bientôt, nous avons dépassé la chouette. L'animal continue de me fixer. Ce regard pulvérise des forteresses. J'avais déjà entendu Maman et June parler des *peluches.* Le mot baignait dans un sirop velouté, je ne comprenais pas. Aujourd'hui, une bouffée de chaleur explose dans mes mains, ma poitrine, partout. Je me répète *Idiote, petite écervelée !* Mais rien à faire, les billes sont si pures, le plumage si blanc ! Je voudrais attaquer l'animal à coups de baisers, de petits baisers forts comme des ventouses. Je l'aspirerais. Voilà comment je le tuerais. C'est du délire, il faut retrouver la raison. L'ombre de Papa vient à ma rescousse, me semonce au creux de l'oreille : *Gemma !* Alors je respire à fond, chasse de mon esprit la beauté et les baisers, les peluches et les armoires odorantes, tire l'un des couteaux à ma ceinture et le lance. La lame tournoie un instant à la lueur des chandelles avant d'atteindre la chouette au poitrail ; giclée groseille. L'oiseau chancelle, tombe dans un froissement de papier. Au fond de moi quelque chose s'effondre.

Çà et là des plumes volettent.

Trop occupée à rassembler ses mots, June ne remarque pas mon désarroi. Elle balbutie. Il ne faut rien dire, non, il ne doit rien savoir. Le poignard, il est contaminé. Elle m'en fabriquera un autre. Quant au cadavre… va falloir le brûler. Sa voix se perd. Pluie, boue, des couleurs sales, partout dans ma tête. Les bras ballants, rivée à la tache blanche.

Entre-temps ma sœur a retrouvé son sang-froid. Je l'entends sortir son piochon, étaler le sac par terre. Elle cogne la paroi, saisit les blocs de sel gemme. Je sors de ma stupeur, l'imite. Avec un peu de chance mon trouble disparaîtra dans le travail. Au bout d'une heure, les sacs sont pleins. Aucune raison de s'attarder, nous prenons la direction de la sortie. Devant le cadavre, je détourne les yeux.

Le soir je peine à m'endormir ; vire et revire dans mon lit. Maman vient, me touche le front, *Mon amour, mon cabri,* pourvu que je n'aie pas de fièvre. Elle s'assoit au bord de la couche, peigne mes cheveux avec ses doigts. *Quand ta sœur et toi n'étiez pas nées, nous avions un jeu avec ton père. Dès qu'un cormoran venait pêcher sous nos fenêtres, nous nous accoudions pour l'observer. Il flottait un moment puis plongeait sans crier gare, parfois longtemps. Ton père me lançait : « Devine où il sort et je fais la vaisselle ! » C'était presque impossible...* Une pause. *J'ai rarement évité la corvée d'assiettes...* Un instant, son rire traîne. *La vie, ça doit être comme ça. Parfois on plonge sans savoir ni où ni quand on émergera. Une chose est sûre, le cormoran a toujours réapparu.*

Je ne sais pas bien à qui elle s'adresse.

*

Quand je me réveille, le soleil bronze la pointe des épicéas. J'ai dormi comme une enclume. June n'est plus dans son lit. Maman continue de ravauder les épouvantails ; elle chantonne la mélodie de *Hippie Hippo Pop,* une aiguille coincée entre ses dents. Je balaie les alentours du regard. Nulle part je n'aperçois ma sœur, elle a dû redescendre à la mine. Un coup d'œil dans l'appentis me le confirme. Le bidon d'essence a disparu. J'ai toujours pensé que j'étais plus dure qu'elle. Parce que je suis née ici.

Je rejoins la rivière, me débarbouille le visage. Le vacarme de l'eau recouvre mes pensées. C'est exactement ce dont j'ai besoin. Me perdre dans quelque chose de plus grand, un flux sans fin, capable de venir à bout des rocs et des montagnes, une eau qui sache conserver la trace des temps anciens, ère de fougères géantes et de reptiles volants, temps que les glaciers ont gardé intact, preuve que le monde restera monde malgré l'homme et ses cataclysmes, et qu'à l'image des dinosaures nous devrions nous en tenir à cette vérité première : nous ne sommes pas grand-chose sur Terre.

Je bois à même la vasque, mes gencives dégoulinent. J'ai grandi ici, dans cette forêt ; ce sont les plantes et les animaux qui m'ont élevée. Je n'ai jamais eu de peluche, je n'en ai pas besoin.

Je n'en ai pas besoin !

J'ai crié si fort que la Dent de Fer me répond, l'écho se perd dans les arbres et je me mets à courir pour empoigner cette voix. À m'en faire exploser les poumons, je dévale la pente en hurlant *Je n'en ai pas besoin !* Déclaration de guerre au monde par-delà les montagnes, et à mon cœur, ce mauvais soldat. À bout de souffle je m'arrête, les mains sur les cuisses. Quand je me redresse la forêt s'agite, les feuilles des hêtres folâtrent, vert dessus, blanc dessous. Ce banc de poissons est à moi. Cette mer aussi. Gloria !

Sur le chemin du retour j'entends des cris de joie. Je me rue vers la cabane. Papa serre Maman dans ses bras. Ils pleurent et rient en même temps, le corps de Maman parcouru par une drôle de houle. On dirait qu'elle expulse la somme de toutes ses terreurs — oiseaux (secousse), froid (secousse), manque de nourriture (secousse), de médicaments (secousse), soirs de veille (secousse). Son homme à ses côtés, tout éclate dans la chaleur de l'étreinte. J'aime les voir ainsi, sans recours aux mots, s'appartenant tellement l'un l'autre qu'ils semblent modelés dans la même chair. Aucun d'eux ne me remarque et ça fait de drôles de bulles dans mon ventre. Je sais qu'à un moment Papa se tournera, qu'il s'écriera *Gemma !* Ses mains grimperont comme deux araignées le long de mes côtes, je décollerai. Et un, deux, dix tours dans les airs, hula hoop de poussière et de transpiration, odeur de kilomètres et de fatigue que je respirerai à pleines narines car c'est l'odeur du retour, l'odeur de la famille réunie.

Plus tard, June revient de la mine. Papa a commencé à déballer son butin. Il est de dos. June en profite pour lui sauter dessus. Rires, mains, tout s'emmêle dans un fouillis de chatouilles. Maman m'embrasse le dessus de la tête, je voudrais que cet instant dure toujours. Papa repose ma sœur. Elle passe derrière moi, glisse quelques mots à mon oreille que je distingue mal, seulement *Plus que des cendres.* Je lui en veux de compromettre cet instant de bonheur. Mais c'est oublié. Papa imite un roulement de tambour, et dans un geste triomphal extirpe un petit tube doré de son sac. Maman porte ses mains à sa bouche, trépigne comme une enfant, une enfant un peu imbécile. Un instant, cela m'agace. June non plus n'a pas l'air de savoir de quoi il s'agit. Maman s'en amuse, laisse échapper un rire flûté. Ses doigts s'agitent, légers, *Vite, venez à moi mes chéries.* D'une main elle ôte le capuchon, de l'autre fait coulisser le cylindre. En sort un bâtonnet rouge qu'elle applique sur ma bouche. Son souffle se mêle au parfum. C'est doux, odeur crémeuse d'iris et de violette, un peu rance aussi. Maman recule, observe le résultat. Au tour de June. Puis d'elle. Trois fruits juteux pastillent nos visages. Maman s'écrie *Toutes sur Papa !* Avides, nous barbouillons ses joues, son cou. Nos bouches finissent par être énormes, plus folles et rouges que des babines de loup.

La frénésie passée, Papa entame l'inventaire.

Durant la nuit, je surprends une conversation entre mes parents. Maman demande s'il y a du nouveau. Papa ne bronche pas, continue d'aviver le feu. Maman se relève sur ses coudes. Peut-être que tout va mieux ? Son espoir grésille dans le silence. Papa le rompt sèchement. Il y a encore des cadavres. La déception de Maman pèse sur ma couverture. Après une hésitation, elle se risque. Et des survivants, en a-t-il croisé ? De mauvaise grâce, Papa finit par répondre. Il aurait préféré qu'il n'y en ait pas.

C'était le soir. Il dormait dans une étable aux abords des marécages. Le temps lui avait manqué pour visiter la maison attenante avant la tombée de la nuit. Il s'en chargerait le lendemain. Peu avant l'aube, des cris l'avaient réveillé. Il s'était caché derrière un tracteur rongé par la rouille. Un groupe d'hommes et de femmes arrivait à bord d'une charrette halée par un cheval. Ils étaient cinq. À l'arrière, sous un tissu, une forme cubique. Un meuble, une cage, il n'aurait su le dire. Des hurlements en sortaient.

Je retiens mon souffle, de peur de me trahir. La fébrilité de Maman est palpable. Cela fait des années que Papa n'a plus rapporté ce genre d'atrocités. Profitant de la pandémie, certains rescapés s'étaient rassemblés en bandes pour commettre des crimes. Au cours de ses maraudes, Papa avait vu.

Ce soir, l'ombre des barbares menace à nouveau la cabane. La respiration de Maman fait n'importe quoi. Je crois qu'elle a toujours espéré que nous retrouverions un jour une vie normale. Elle laisse éclater un sanglot. Papa prononce plusieurs fois son prénom, *Alexandra, Alexandra.* Dehors, un renard glapit, Papa souffle la bougie, il faut dormir maintenant. Longtemps j'entends Maman hoqueter. Dad, Daddy, je t'en prie, console-la. Mais très vite ses ronflements couvrent le reste.

Je me bouche les oreilles.

*

Depuis leur arrivée, Maman s'est entièrement vouée à Papa. Elle aime dire qu'il a le don de la survie, elle, à peine celui de la vie. C'est tout juste si elle ne s'excuse pas de continuer à tresser des couronnes en sapin pour Noël, de chanter *Hippie Hippo Pop* et de fêter nos anniversaires. Je le vois : elle s'épuise à tenter de préserver un monde qui n'existe plus. Tout s'efface petit à petit. Je crois qu'elle préférerait l'accepter mais sa voix s'y refuse : elle ranime inlassablement le bruit des cafetières italiennes, l'air glacé des cathédrales, la buée sur les verres de bière, les cigarettes partagées avec Abby devant le restaurant chinois, les sièges rouges du théâtre et ceux couverts de pop-corn au ciné. Tous les immeubles, toutes les maisons et tous les gens dedans, Maman les garde vivants dans sa bouche. C'est peut-être beau de tenir un monde debout, mais c'est trop pour elle. Maman y laisse sa santé.

Au contraire, le Sanctuaire galvanise Papa. Il bâtit, invente, construit, récupère. Chaque jour Maman s'étonne ; elle ne l'a jamais connu aussi robuste. Selon elle, Papa a toujours évité le contact avec les autres. Il se moquait bien de vendre ses sculptures dans les galeries les plus réputées, se payait la tête de Kronauer ou Mevlido — des agents *wahou*, selon Maman. Eux le courtisaient jusque chez lui, dans sa maison en bord de mer. Il les recevait en caleçon, sur le pas de la porte, et les écoutait d'une oreille en buvant une canette. Aucune de leurs propositions n'était jamais assez intéressante. Seule Maman, de temps à autre, parvenait à lui faire signer un contrat. Elle le tirait par la manche pour qu'il se rende au vernissage. Parfois, il y allait pieds nus. Le petit monde de l'art adorait ça. *Des putains de lèche-culs*, déclarait Papa. Il était devenu leur coqueluche. Lui aurait préféré passer son temps dans la forêt, à chercher les bonnes essences, à quêter le nœud de tel arbre, la forme de telle branche, à éprouver combien il était dépassé par les prodiges de la nature — coquette lingerie d'une sauterelle aux ailes bleues, sautoir de rosée à la gorge d'un tronc. Et il retournait dans son atelier, le front rendu humble par tant de beauté, où il bataillait sans relâche avec le fer et le bois pour retrouver l'énergie sauvage et raffinée d'une libellule sur une feuille qui ploie.

Ici, Papa a façonné un monde à sa mesure.

Le Sanctuaire est son chef-d'œuvre.

*

Ce matin, Papa nous réveille à l'aube. *Entraînement !*

June enfouit sa tête sous la couverture, moi, je me lève sur-le-champ. *À vos ordres, commandant !* Un bol de bouillon plus tard, je suis dehors, à lamper la claque du froid. June traîne toujours au lit, Papa hausse le ton. Il ne compte pas attendre. Au bout de quelques minutes, ma sœur émerge, les cheveux en pétard. Papa démarre en petites foulées, prend la direction du ruisseau, me désigne. Je récite la table de un. À la deux, il augmente sa foulée. À la trois, les branches commencent à fouetter mes épaules ; Papa m'encourage, *Allez Gem', oublie la douleur, concentre-toi sur les chiffres !* À la six, June s'entaille l'avant-bras. Le sang coule. Papa ne bronche pas.

À la dix, June prend le relais. Elle poursuit en sens inverse. Table de neuf, de huit, de sept. À mesure, Papa ralentit.

Une fois un, un.

Une minute de récupération. June comprime sa blessure. Papa lui frotte le dessus de la tête. Puis il frappe dans ses mains, *Pompes jusqu'à l'échec !*

Je plaque mes paumes au sol, la droite meurtrie par un caillou. Malgré la douleur je plie, bloque, me redresse, bloque. Me concentre sur la main indolore, détaille le contact sec du tapis de feuilles, passe à l'autre main, focalise mon attention à l'endroit précis où ça fait mal, reviens à la gauche, ainsi de suite jusqu'à ce que la douleur soit égale dans les deux. Papa m'a appris. Quand je m'affaisse, il émet un claquement satisfait de la langue. June me lance un regard dédaigneux.

Nous rejoignons le ruisseau en contournant la barre rocheuse. Papa ne supporte pas le vide, je l'ai déjà vu rendre son repas en haut de la corniche. Arrivés au bord de l'eau, nous y sautons. Le froid épingle chaque parcelle de mon corps. Je plante mes yeux dans ceux de June. Si Papa détecte le moindre froncement de sourcil, il exigera une série de pompes supplémentaire. Avec des habits trempés, non merci. Quand l'épreuve a assez duré, il fait signe du menton. Nous nous hissons hors de l'eau, reprenons la course pour éviter d'attraper froid.

La maison en vue, je me détends. On va pouvoir se réchauffer. Contre toute attente, Papa désigne un chêne. *Tractions jusqu'à l'échec !* June ne se prive pas de manifester son mécontentement. Elle n'a pas tort. *Vous exagérez un peu, mon commandant !* De mauvaise grâce, June exécute cinq tractions. Quand vient mon tour, je ne continue pas au-delà. Papa n'est pas dupe, il connaît mes limites, secoue la tête d'un air de dire *OK, tu veux jouer à ça...* Que je m'accroche de nouveau, June se pendra à mes pieds. Ma sœur hésite. Papa hurle. *Tout de suite !* La veine à sa tempe paraît exploser. June ne râle plus, ses yeux signifient *Je ne sais pas quoi faire*, aussi *J'ai peur.* Elle s'agrippe à mes cuisses, relève docilement ses genoux. Un poids impossible à hisser. J'ai beau forcer, je ne décolle pas.

Papa a déjà tourné le dos.

Quand nous entrons dans la cabane, il opine du chef. *Tu vois ces gamines, Alex, on a fait du bon boulot.* Avec Papa, c'est toujours comme ça. Chaud froid, chaud froid. Là, c'est de nouveau très chaud. Et très doux. Il a préparé du linge propre, soigne la blessure de June. Elle garde les yeux à terre, bafouille un *Pardon.* Ça va, ça va. À son âge lui aussi avait envie de pisser à la raie du monde. Maman le regarde, une pointe d'amusement au coin des lèvres : a-t-il vraiment changé ? Nous éclatons de rire. June aussi. Mon ventre ronfle de plaisir. Pour finir, Papa nous demande de nous mettre en cercle. Ici, nous formons une équipe. Personne, c'est bien compris, personne ne doit être un poids pour les autres ; l'unique règle pour gagner le match.

Le reste de la matinée, nous aidons Maman à terminer les épouvantails. J'ignore s'ils éloignent réellement les oiseaux ou s'ils sont là pour nous tenir compagnie. Une fois, je l'ai surprise en pleine conversation avec eux. Elle a haussé les épaules d'un air de dire *On fait comme on peut.*

*

L'après-midi, je m'exerce au tir pendant que Papa nettoie le mécanisme de son lance-flammes. J'en profite pour jeter un coup d'œil, observer les rouages, leur agencement. J'adorerais en fabriquer un, rien que pour moi. Papa en a déjà discuté avec Maman. Elle est formelle, c'est hors de question.

Une fois l'appareil récuré, Papa me fait signe. Ma joie est à son comble. Je file chercher mon carquois, embrasse Maman en vitesse. J'imagine qu'elle a dû nous recommander d'être prudents mais nous sommes déjà loin. Papa a pris la direction des hauteurs, là où le froid balaie toute végétation, laisse le flanc de la montagne en pâture aux herbes rases et aux pierriers. Là où vivent les marmottes. Nous les débusquons parfois, quand les vivres manquent. Leur viande est forte, pleine d'os minuscules. Je préfère encore manger du crapaud.

Aujourd'hui, nous ne traquerons pas de gibier. Papa veut régler des détails techniques. Je me souviens de la première fois où il m'a emmenée ici. Longtemps, nous avions observé l'amas de pierres, multitude éblouissante au soleil, lugubre sous la pluie. Il m'avait parlé de la mer. Un jour elle vous cajolait les mollets, un autre elle les équarrissait. C'était moins compliqué qu'avec les hommes. Puis il s'était approché de moi. Je me rappelle son odeur de sueur, mêlée à celle des hydrocarbures. Le sang avait afflué à mes joues, je m'étais pressée contre lui.

Les yeux perdus dans le vide, il avait évoqué cette zone de l'océan Pacifique, la plus éloignée de toute terre, à plus de deux mille kilomètres de Pitcairn ou de Moto Nui. *Point Nemo* : c'était le nom que les scientifiques avaient donné à l'endroit. Une sorte de sanctuaire. Papa avait craché. Cela aussi, les hommes l'avaient gâché. On y avait coulé les engins spatiaux en fin de vie. Du paradis on avait fait un tas de boulons. Papa s'était levé. Son regard avait balayé l'horizon. Un instant j'avais eu l'impression qu'il allait se mettre à pleurer. Pour conjurer mon malaise, je n'avais rien trouvé de mieux que de cracher à mon tour. Il m'avait regardée avec ce rictus qui me rend si fière, quand il relève le coin de sa lèvre, à la manière d'un loup. Ce jour-là, le loup avait du plomb dans l'aile.

J'observe les pierres et les marmottes qui se reniflent l'arrière-train. Papa monte son cairn. Au bout d'un moment il recule, m'ordonne de m'écarter. C'est prêt. Je le vois actionner la valve d'essence, la gâchette d'allumage. Un nuage de feu boursoufle l'air, provoque une décharge électrique le long de mon échine. Plus qu'admirer les flammes, j'aime entendre leur souffle. L'arme feule. Les marmottes ne s'y trompent pas, qui se dressent. L'une d'elles siffle, les autres répondent. Papa n'en a cure. Il jauge la traînée carbonisée au-delà du cairn, s'irrite. La portée du lance-flammes est trop importante, il faut diminuer la pression. Papa mesure, s'accroupit, commence la mise au point. Je me suis avancée, les marmottes continuent leur raffut.

D'un coup d'index, Papa m'indique le ciel.

Un aigle plane au-dessus de nos têtes, il fend l'air de ses rémiges grises, presque métalliques. La symétrie parfaite de ses ailes, leur étau absorbent mon regard. J'ai peur, terriblement, à en réduire mes os en poudre : la mort danse au-dessus de nos têtes. Plus l'oiseau resserre ses cercles, plus mes yeux s'y aimantent. Papa m'administre un coup sur la nuque. Je manque tomber en avant. Il faut tuer le rapace. *Maintenant !* Sonnée, j'arme l'arc, vise.

Armer, viser, tuer : voilà ce pour quoi je suis programmée. Voilà ce qu'il faudrait faire. Pourtant, quelque chose en moi résiste. Je voudrais garder mes mains le long de mon corps, admirer le tracé de l'oiseau, ce lent carrousel dirigé par d'imperceptibles mouvements de plumes, j'aimerais attendre cet instant où l'aigle va replier ses ailes, crier avant de piquer sur sa proie, pointe de flèche à laquelle aucune cible ne peut réchapper. J'aimerais le voir crocheter la marmotte au collet avant de lui briser les vertèbres. Le voir achever sa victime d'un seul coup. Mais j'ai trop tardé, l'aigle fond sur nous. Papa jure. Dans mon dos, du bruit : la vanne d'essence, la gâchette d'allumage. C'est une folie. Tout juste ai-je le temps de m'écarter que le canon vomit une gerbe grasse. Sa portée n'est pas assez longue pour atteindre l'aigle ; Papa est pris de rage. Il avance, crache ses langues incendiaires à droite, éructe ses nuages à gauche, les flammes en crinière autour de sa tête. Jamais je ne l'ai vu ainsi. Avant même que mon esprit n'élabore la moindre pensée, mon bras a saisi une flèche et l'a placée sur le point d'encochage. J'exerce une ultime pression avant de tirer. La trajectoire serait parfaite si Papa ne projetait une salve qui frôle ma cuisse. J'ai beau serrer les dents, la flèche dévie de quelques millimètres, atteint l'aigle au milieu de l'aile. Papa a baissé son lance-flammes, fixe l'oiseau. Ses lèvres remuent tandis que le rapace amorce une chute pathétique. Les marmottes en profitent pour se tapir dans leur terrier. Papa bredouille *Non non non.* De plus en plus fort. *Non non non !* L'aigle finit par s'écrouler. Un instant plus tard, il clopine.

La honte m'engloutit. J'ai raté ma cible.

Le rapace a disparu derrière un rocher. Déjà Papa court. Les pierres roulent sous ses pieds, on dirait que le grondement de la montagne accompagne sa furie. Sans réfléchir, je lui emboîte le pas. Me jette à corps perdu dans la pente, méprise les torsions de mes chevilles, m'imagine avoir des tendons élastiques. Ma foulée s'allonge, propulse mon corps tel un projectile. Bientôt je dépasse Papa qui s'embrouille en mouvements désordonnés. Arrivée au niveau du roc, je comprends que l'oiseau parvient à voleter ; il cherche à gagner les falaises. Une pression terrible comprime ma boîte crânienne — rage à l'idée de perdre l'animal autant que colère contre moi-même. Dussé-je lui arracher le cou avec mes dents, je l'achèverai.

Jamais je n'ai poussé si haut. Tout m'est inconnu. Il me faut ralentir la cadence, comprendre la configuration des lieux. La trajectoire du prédateur me conduit au pied d'un couloir abrupt, zébré de névés. Quelques instants suffisent pour que je me figure la suite. Je vais me hisser le long de la rampe, déraper sur les plaques de neige, peut-être y brûler mon visage, mais à un moment ou un autre la distance sera suffisante. Je viserai et je percerai les poumons. Quand le tas de plumes sera au sol, j'irai chercher le lance-flammes. Cette fois Papa ne pourra me le refuser. Je carboniserai le rapace jusqu'à sa dernière goutte de sang. Papa sera fier de moi.

J'ai beau grimper, me cramponner, l'oiseau s'éloigne. J'aurais envie d'abandonner mais j'entends Papa qui pousse des hurlements de bête. Pas le choix. J'arrime mes yeux au relief. Souffle, souffle. Une dernière prise. J'atteins une brèche qui permet de passer de l'autre côté. La sueur m'empêche de voir vers où l'aigle s'est volatilisé. Je frotte mes paupières, le paysage s'éclaircit. Un massif s'étend à perte de vue. À droite, une sente longe la falaise. Mon sang se fige. Au bout, une silhouette disparaît dans une anfractuosité, l'aigle posé sur un bras.

La fatigue me joue-t-elle des tours ? Sonnée, je perds mon regard au loin : l'autre côté de la montagne. Dans la famille, personne n'y a jamais eu accès. Une succession ininterrompue de sommets, triangles bleus chapeautés de blanc, large mâchoire qui circonscrit l'horizon. J'en ai le souffle coupé. Nous avons toujours vécu comme si le monde s'arrêtait avec les falaises. Et le voilà devant moi, aussi grandiose qu'interdit. Au creux de mon ventre quelque chose palpite, petit animal qui réclame *Je veux sortir du terrier.*

Ne pas me laisser aller : je dois poursuivre l'aigle. À la hâte je reviens sur mes pas. D'un geste de la main je signifie à Papa *C'est bon, je continue.* En bas il enrage, *Foutu, foutu vertige,* et donne des coups de pied dans les cailloux.

Le chemin à flanc de paroi est étroit, nué de poussière. Au sol, des empreintes. J'ai beau refuser l'évidence, ce ne sont pas celles d'une bête. À peine ai-je le temps de les remarquer qu'une masse véloce s'abat dans mon dos. Et en un tournemain me saisit le bras, le bloque. On presse une lame contre ma carotide tandis qu'un mélange de crasse et de transpiration monte jusqu'à mes narines. À travers ma veste je perçois les os saillants d'une cage thoracique.

C'est alors que je l'entends. Il parle vite, son débit est agité. Ce doit être un vieux. Il me défend de me retourner. Je n'ai rien vu, non, rien. Ni homme ni oiseau. Si j'ouvre ma sale petite gueule, il nous saignera tous, les uns après les autres. Il sait où nous habitons, oui, il le sait. Le type garde un moment le silence. J'entends des battements d'ailes dans mon dos. Puis il resserre sa clef de bras. Nous sommes les bourreaux des oiseaux, oui, les bourreaux. J'ai envie de hurler. L'homme m'ordonne : je vais garder les yeux fermés et compter jusqu'à cent. Si je n'obéis pas, il me tuera. À cent, la vie reprendra son cours, ma famille et moi continuerons à vivre. Jamais plus je ne le reverrai, non, jamais plus.

L'homme me pousse en avant. Je commence à compter. *Un. Deux. Trois…* Ma propre voix m'empêche de percevoir dans quelle direction l'inconnu déguerpit. J'entends seulement l'aigle glatir — cri de douleur ou ricanement ?

*

Quand j'ouvre de nouveau les paupières, tout est silencieux. Aucune trace du bonhomme. Seul le vent rabat des nappes de nuages qui engloutissent la pente. Il faut faire vite, le mauvais temps peut rapidement l'emporter. À moitié étourdie, je rebrousse chemin. Mes pieds amorcent la descente, désolidarisés de mon esprit. Je ne vois ni les pierres qui se décrochent, ni l'obliquité du passage. Plus tard je prendrai conscience de toutes mes imprudences ; j'aurais pu dévisser à tout instant. Pour l'heure, une pensée m'obsède : cet homme a touché l'aigle et il n'en est pas mort. Cette seule idée menace tout ce que je sais.

Une fois en bas, Papa me gifle. Une claque pour avoir raté ma cible, une autre pour les caillasses qui auraient pu l'assommer. Je ne sens rien. Il m'attrape par les épaules, me secoue. C'est bon, je l'ai eu ? J'acquiesce sans réfléchir : pour sûr, l'aigle est mort. Et j'ajoute avec un air malin *Plutôt deux fois qu'une.* Pourquoi ai-je dit cela ? Afin de ne pas décevoir mon père ? Parce que sa question n'en était pas vraiment une ? Je ne veux pas duper Papa. Pourtant, cet après-midi, tout semble sur le point de basculer.

Sur le chemin du retour, je reste muette. Papa impute mon silence à la honte. Que j'en tire les enseignements : la prochaine fois je me concentrerai davantage, rien ne devra dévier la trajectoire de ma flèche. *Nous recommencerons.*

Je relève la tête. *Recommencer quoi ?* Papa se retourne brusquement. *L'épreuve.* Son visage est plein de dédain.

Le soir, à table, je ne peux rien avaler. Je remonte mes manches en cachette, observe ma peau. Si l'homme m'avait contaminée ? Tout a l'air normal. Papa ne décolère pas. Je cherche le regard de Maman, elle maintient ses yeux baissés. Plus tard je les entends tous deux se parler vivement dehors. Maman semble reprocher quelque chose à Papa. June pérore, *La petite préférée a déçu son papa.* J'ai envie de la frapper, de lui briser les maxillaires et de lui faire manger ses dents. Dans mon lit je me recroqueville comme si je voulais que mon corps avale mes genoux, mes coudes, mon visage. Chaque cellule se contracte à un point tel que les larmes brûlent mes yeux. Je reste là, petit escargot étouffé par le chagrin. June se précipite sur moi, caresse ma tête, mon dos, mes épaules. Ses mains parcourent ma peau en guise d'excuse, *Pardon, pardon,* et elle me serre plus fort, ignorant que ma peine vient d'une blessure plus profonde que l'écorchure de ses mots.

Maman accourt, des pleurs mal essuyés sur ses joues. Elle attrape ma tête entre ses mains, plaque son front contre le mien. Nos cheveux s'entremêlent, nous isolent. Seule l'odeur d'amande et de reine-des-prés entre nous. Et les mots de

Maman, *Mon amour, mon cabri,* répétés une fois, deux fois, autant qu'il est nécessaire pour que je respire à nouveau calmement. Quand je suis apaisée, Maman se détache, me regarde en rassemblant ses esprits puis commence.

Elle évoque ce pull-over, celui qu'elle mettait pour sortir. Mohair épais, moelleux, petit ventre de lapin. Dessous, elle portait son caraco perle. La dentelle frangeait le décolleté. Elle aimait que les motifs de la guipure rehaussent la simplicité du lainage. On la complimentait, main posée sur l'avant-bras, *Darling, tu es divine.* Et mon père s'interposait : *Ce n'est rien, faut la voir nue !* Certains invités contenaient leur gêne. Papa s'en moquait. En vérité, les gens enviaient ce contraste entre eux ; l'écorce et la soie. Le soir, quand Maman se déshabillait, l'ombre crépitait. Le frottement des tissus créait des étincelles. L'électricité montait de son ventre à ses épaules, pointillait ses bras, son visage, jusqu'à ce que ses cheveux s'affolent comme les cierges magiques sur les gâteaux.

Maman remet une mèche en place derrière mon oreille, laisse traîner ses doigts le long de ma joue.

Gemma, ton père et toi êtes de ces prodiges, votre amour a la beauté d'une déflagration. Ce soir, tes mots, Mummy, tes mots suffiraient presque. Mais il y a cet homme. Il a touché l'oiseau et il n'en est pas mort.

*

Les jours suivants, je surveille ma température, guette la moindre éruption. Mais rien. Je me porte comme un charme.

L'avertissement de l'homme n'en finit plus de rôder sous mon crâne. Il sait où nous habitons. Si je parle, il nous saignera tous. Souvent je tourne la tête vers les falaises, scrute les saillies. Est-il en train de nous observer ? Hormis l'habituel cortège de pierres, je ne distingue rien. Parfois, le cri d'un rapace.

Papa, qui semble avoir remisé l'incident, s'affaire en vue des plantations, débarrasse le châssis et colmate les cuves. Pendant ce temps, Maman trie les graines laissées à sécher sous l'appentis. Comme à son habitude June renâcle à l'effort, puis cède. De temps en temps, Maman lui demande d'aller chercher quelques morilles, des orties pour la soupe, ou bien de descendre près de la rivière : au début du printemps, la sève monte dans le tronc des bouleaux, c'est le moment idéal pour la récolter. On fait un trou et on attend. Quelques heures suffisent pour remplir une bouteille. En vérité, Maman cherche à éloigner ma sœur. Elle prépare en cachette son cadeau d'anniversaire : une robe cousue dans un tissu que Papa a rapporté des rapines, un satin incroyable, bleu comme la nuit. Elle le brode avec des fils prélevés sur nos vêtements usagés qu'elle détisse pour reconstituer les bobines. Ensuite elle numérote celles-ci en fonction des teintes qu'elle associe aux motifs du croquis. Au bas de la jupe grimpent déjà deux liserons. Maman voudrait ajouter des fougères et des santolines. Peut-être des bruyères. Ce serait tellement beau que June puisse y retrouver toutes les fleurs qui poussaient dans leur jardin. Celles qui résistaient aux embruns.

Les jours passent. La robe avance tandis que nos réserves s'épuisent. Je guette les hauteurs, le regard aimanté par la saignée dans la roche. Ce couloir représente un danger aussi immense que son mystère me fascine. L'homme tient sa promesse, il demeure invisible. Pourtant je sais. Il faudra retourner là-haut. Le soir, en m'endormant, j'élabore des plans. Aucun ne tient la route. Chaque fois j'ai l'impression que Papa me perce à jour. En réalité, seule ma duplicité nourrit mes craintes. Mieux vaut attendre son prochain départ.

Pour patienter, je décide d'affûter nos couteaux. D'abord il faut s'occuper de la pierre, chever la roche jusqu'à ce que la surface commence à luire. Ensuite seulement on y polit la lame, geste magnétique, presque flatteur, qui permet de sentir, après de longues heures d'abrasion, que l'acier ploie, rendu malléable par la monotonie du contact avec le minerai. Parfois, dans le reflet bleuté du métal, je reconnais la couleur des cimes, comme si elles y avaient imprimé leurs reliefs les plus aigus.

De temps en temps, Papa inspecte les couteaux. Il caresse l'embase, remonte le long du dos, teste l'émouture. Opine du chef. Je m'en veux de lui mentir, mais le souvenir du coutelas sur ma carotide liquide mes scrupules.

Bientôt, c'est le jour du départ. Papa se lève à l'aube. Son harnachement est prêt. Il répète les recommandations que nous connaissons par cœur, nous confie une réserve d'essence. Puis nous serre dans ses bras, embrasse Maman. Elle sourit. Je sais qu'elle donnerait tout pour qu'il reste. Son visage demeure placide. Il dit cette chose impossible, *J'ai peur mais je ne crains rien.*

Papa entame la descente. La montagne l'avale. Nous savons qu'il se dirige vers la cluse où coule le torrent, ce passage qu'il emprunte pour quitter le Sanctuaire. Les langes du soleil rosissent les crêtes. L'air est frais, de ces matins où il pourrait craquer. Maman s'est avancée, elle nous enlace. Nous restons silencieuses, fixons cet étrange triangle que les versants des montagnes détourent dans le ciel. Maman frémit, rabat son châle contre sa poitrine.

Le cormoran, vous vous souvenez mes chéries, il réapparaissait chaque fois…

Nous gagnons l'appentis. Maman sort les godets façonnés dans l'argile, entame *Hippie Hippo Pop.* La voix de June se mêle à la sienne. Je regarde ma sœur avec gratitude. Pour une fois, elle se montre volontaire. Le travail de la terre l'apaise. Les graines viennent des vallées. Butternut, betterave, maïs, black beans : Papa les prélève dans les jardins laissés à l'abandon. Elles nous relient au monde d'avant.

Au début, ni Papa ni Maman ne s'y connaissaient. Ils ont fait beaucoup d'erreurs. Planter trop tôt, trop serré, sans éclaircir, gorger la terre d'eau jusqu'à faire pourrir les racines. Il leur a fallu observer, patienter, conjecturer pour que le jardin prenne forme, pour que les variétés s'adaptent à notre lopin et offrent enfin une nourriture variée. Malgré leurs efforts, les multiples tentatives d'acclimatation de la tomate se sont révélées un fiasco. Pour autant, chaque printemps, Maman s'acharne. Elle effleure le pot de graines, murmure *La pomme d'or…* Comme si sa langue retrouvait les innombrables nuances de rouge dans la substance juteuse de ces mots, ce goût à la fois acide et sucré, le cœur étoilé de graines visqueuses. Il me semble alors que Maman parle une langue étrangère.

Je numérote chaque pot de la pointe de mon

couteau. Les pousses lèveront à l'abri, nous les repiquerons en temps voulu. Nous avons beau avancer, la journée n'y suffira pas. Maman remarque mon impatience, me suggère d'aller faire un tour. J'en meurs d'envie mais la nuit approche, il n'est plus temps de grimper au sommet de la montagne. Je demande la permission de m'éclipser le lendemain. J'ai remarqué des empreintes suspectes dans la forêt d'épicéas : large pelote, quatre doigts en cercle, des griffes, il ne faudrait pas que ce soit un puma. Maman accepte de mauvaise grâce. Rien ne me semble plus poisseux que de lui mentir. Je dois mal dissimuler mon malaise car June se moque. *Papa te manque déjà ?*

Avant de me coucher, je prépare mon barda. Arc, flèches, couteaux, corde, gourde d'eau à droite, d'essence à gauche. Ce sera suffisant. Maman et June se sont endormies. Longuement, je scrute la cabane à la lueur du feu, cherche à en enregistrer chaque détail — paniers où sèchent les herbes aromatiques, plafond noirci par la suie, dos de Maman, couverture pelucheuse de June : puissent-ils avoir le pouvoir de me protéger. Mes yeux finissent par se poser sur les rondins de bois, lignes massives, à l'image de cette nuitée, et je les fixe, envahie par une pesanteur agréable. Demain j'aurai besoin de toutes mes forces.

Je souffle la bougie.

*

Lorsque je me réveille, de la vapeur sort de ma bouche. J'attrape le tisonnier, remue les blocs de bois calcinés qui grognent en se délitant. Jette dans l'âtre quelques brindilles, deux ou trois bûches. Le feu repart. J'embrasse Maman sur l'épaule, effleure la couverture de June.

Dehors, les étoiles mouchettent les encres de la nuit. Le temps est clair, la lune franche. J'entre dans la forêt au pas de course, les joues mentholées par le froid. Les nuages de vapeur rythment ma course. Quand soudain, un craquement, à vingt pas tout au plus. Je m'immobilise. Le bruit se répète, insistant. L'homme me surveillerait-il ? Je me dissimule derrière un arbre et ferme les yeux. Un grommellement finit par balayer mes doutes : un sanglier. Habituellement, je sauterais de joie. J'aime préparer sa viande, ferme et humide, odorante. Mais ce matin je poursuis une créature autrement dangereuse. Je contourne le bosquet, grimpe entre les blocs qui mènent aux pierriers tout en veillant à ne pas glisser sur la mousse.

En haut, anguleuses et blafardes, les caillasses ont des raideurs de cadavre. Sous la lune, leurs ombres projetées forment une armée de petits soldats. Je lève les yeux vers la falaise qui se dresse, coiffée de la voûte céleste. Mon adversaire est là-haut, tapi dans cette vague de pierre où sédimente une infinité de fossiles, reliques d'une ère d'avant le premier homme, rejeton que la falaise a vu naître et mourir tandis qu'elle demeurait là, triomphante, capable d'écraser d'un postillon le moindre de ses descendants.

Mon impuissance me fait horreur. Je me lance contre la pente, rageuse, idiote, et m'abîme dans un effort qui distord mes articulations. Mes jambes tremblent, ma poitrine cogne, pourtant, de prise en prise, je pose la main sur le dernier parapet.

Une ultime impulsion ; l'autre versant de la montagne s'offre à moi. Une jupe de nuages ouate ses flancs, dorlote la chaîne qui s'étire dans le lointain, et tout, baigné dans une lumière rosée, prend des allures de maternage. Cela pourrait me faire rire ; j'arrive dans cette pouponnière armée jusqu'aux dents, prête à ferrailler avec l'homme que je compte trouver ici mais qui, selon toute vraisemblance, n'y est plus depuis longtemps. L'envie de crier *Allez viens, viens que je te tranche la gorge !* me prend, mais personne n'est là pour m'entendre, hormis un cumulonimbus occupé à bomber le ventre. Le rire de June résonne dans ma tête. Un jour, elle m'avait raconté une scène de dessin animé. Une histoire de samouraï qui décapitait au sabre des barbes à papa. De barbe à papa, pas plus que de samouraï, je n'ai jamais vu. June avait maugréé

Quelle imbécile tu fais. Aujourd'hui encore, je ne lui donnerais pas tort. Comment ai-je pu m'imaginer que l'homme se trouverait là où je l'ai laissé ?

Les dernières pluies ont effacé la moindre trace, je dois poursuivre au jugé. Je file vers l'anfractuosité où l'inconnu a disparu. Des squelettes d'animaux jonchent le sol. Partout de la fiente. Une ouverture en surplomb permet de gagner une saignée. J'inspecte le reste de la falaise. En vain. Mon regard se perd dans l'épaisse couche de nuages. À contrecœur je pénètre cette masse humide, parcours la pente à tâtons, en long, en large. Mon entreprise se révèle de plus en plus hasardeuse à mesure que s'épaissit le brouillard. Ses langues empoissent les mélèzes, capitonnent les raidillons. Rien, on n'y voit presque rien, à peine le spectre des troncs sur ce fond tourterelle. Il faudrait rebrousser chemin, tout me l'intime, pourtant je continue, butée, captive de tout ce blanc.

Je ne sais combien de temps je marche. Suffisamment pour me sentir totalement désorientée. Puis la cohorte des troncs disparaît, les pierres laissent place à des touffes d'herbe qui ploient sous l'humidité. Tout devient plat. Ce doit être un col. J'ai beau tourner sur moi-même, impossible de distinguer quoi que ce soit. Je suis à la merci de cette étendue fantôme d'où pourrait surgir n'importe quoi.

C'est là, dans cette nudité immense, que je la sens. D'abord étouffée par les parfums d'humus qu'exhale la pluie. Mais je ne peux l'ignorer. Elle est là depuis toujours, incrustée dans ma peau. Il suffit de suivre sa piste. Plus j'avance, plus l'odeur se précise. D'un geste vif, je tire mon arc. Soudain, à quelques encablures, un halo. L'homme se chauffe auprès d'un feu. Des fourmis excitent mes jambes. Tout juste ai-je le temps de me réjouir qu'un bruit me glace. Au-dessus de ma tête un battement scande l'air, souple, rythmique. Celui de rémiges qui fouettent l'air. C'est l'aigle, j'en suis sûre. Je pointe ma flèche en direction du ciel. Du gris, rien que du gris. Pas le temps de m'apitoyer : des serres percent la poix, noires, presque vernies. Une douleur atroce transperce mon épaule, je perds l'équilibre.

*

Quand j'émerge, ma tête baigne dans une flaque de sang. Sans succès, j'essaie de bouger. Mes pieds et mes mains sont ligotés. Au prix d'un effort maladroit, je bascule sur le dos. Cela m'arrache une plainte. Je constate qu'on m'a transportée dans une sorte de grotte. Un feu y brûle. Des pas se rapprochent, l'homme apparaît, crasseux. Du bout d'un pied, il tâte mon flanc. Je gémis de douleur. Il ricane. Sa barbe est si longue que je l'attraperais volontiers pour lui fracasser le crâne contre la paroi. Mais je suis à sa merci et il le sait et rit de plus belle. D'un geste bourru, il m'adosse à la muraille. Je découvre la partie éclairée de la grotte. Une tanière sommaire : paillasse, outils, foyer. En face de moi, l'aigle se tient sur un perchoir. Il m'observe, royal et placide. À intervalles réguliers, un voile lui oblitère les yeux.

L'homme contourne le feu et se poste à côté du rapace. Mêmes silhouettes ; sèches, nerveuses. Même regard ; billes qui perforent l'obscurité. Fut un temps où l'homme a dû être beau. Aucun des deux ne me quitte des yeux. Parfois le vieux s'excite, se gratte la tignasse pour en extirper des choses qu'il examine un moment entre son pouce et son index. Et il me fixe à nouveau.

Puis il s'approche du feu, remue le contenu de la gamelle et en prélève une portion qu'il balance devant moi. Je me jette au sol pour lamper ce gruau. Avant d'avoir eu le temps de finir, l'homme revient, m'assène un coup de pied dans l'abdomen, *Ça suffit.* Je hurle de douleur, l'aigle s'agite. Le vieux m'administre une claque derrière la tête. Interdiction, oui, interdiction d'effrayer l'oiseau. Son élocution est saccadée. Si je recommence, il m'éventrera. L'homme plaque son poing contre mon pubis, remonte d'un coup net jusqu'à mon plexus. Je fais profil bas. Quand je relève la tête, l'aigle continue de me fixer. Le vieux a tourné le dos, marmonne dans sa barbe puis finit par sortir. La pluie tombe dru. Des cris de rapaces fusent. Soudain le vieillard revient, dégoulinant. Un instant, je me dis qu'il va me tuer. Mais il me saisit par le col et me traîne dehors. Perchées sur des arbres, des silhouettes veillent, comminatoires : cinq ou six busards, je n'ai pas le temps de bien voir. L'homme se met à frotter mon crâne, mon visage. Je comprends qu'il me lave. Le sang coule de mon épaule, se mêle à la pluie, les oiseaux piaffent. D'un geste brusque le vieux les fait taire, presse mes joues entre ses mains tout en orientant mon visage vers le ciel. Je lape l'eau qui en tombe. Quand il juge que c'est assez, le vieillard me traîne à l'intérieur. Les volatiles nous regardent nous éloigner. L'aigle ne me lâche pas de son œil, bille noir et jaune, voile gris.

Longtemps l'homme et le rapace me scrutent. L'aigle finit par remuer. Son cou se hérisse de plumets. Plusieurs fois l'oiseau ouvre le bec sans qu'aucun son n'en sorte. On voit juste sa langue pointer. Le vieux flatte la calotte du rapace, approche son oreille. C'est d'accord, oui, d'accord, mais il prévient : c'est lui qui l'aura voulu. Il s'avance, dénoue mes liens.

Je grommelle un merci ; l'homme se contente d'émettre un sifflement. Dans un bruissement d'air, l'aigle déploie ses ailes. Son ombre projetée sur le mur est immense. J'aperçois un emplâtre d'argile au niveau de sa blessure. Ce qui ne l'empêche pas de traverser la caverne, leste, et de venir se jucher sur l'avant-bras du vieillard. Qui d'un coup sec déplie le mien et y pose un empiècement de cuir. Je comprends qu'il veut me confier l'aigle. Tout dans mon corps rejette ce contact. Mes pieds glissent sur le sol tandis que mon dos repousse la paroi. Instillée en moi depuis toujours, la terreur des oiseaux me bombarde le thorax, de la bile brûle mon œsophage. Je donnerais n'importe quoi pour avoir le lance-flammes de Papa. La mort balaierait tout : le vieux et sa barbe, son odeur de croûtes et sa langue perfide. Ensuite, il suffirait de souffler sur le tas de cendres. Devinant que je refuse, l'homme s'excite, *Je t'éventrerai, oui, t'éventrerai.* Puis il attrape mon menton, le tourne vers l'oiseau. Quelques centimètres seulement nous séparent. Mes côtes se distendent, sur le point d'exploser, mon cœur est prêt à s'arrêter, mais le regard du rapace — bille noir et jaune, voile gris — triomphe de moi. Bientôt mon pouls ralentit au diapason de la pupille — bille noir et jaune, voile gris ; j'entrouvre les lèvres.

Oui.

L'homme fait basculer l'aigle, mon bras fléchit. Les pattes ont le grumeleux de la peau des reptiles. Ses plumes, châtaigne à ocre, combinent toutes les nuances de la terre, rappelant que ses ancêtres, avant de s'élever dans les airs, broutaient en troupeaux les fougères d'un continent disparu.

L'homme a un rictus, je ferme les yeux. Dans mon esprit tout vacille. Mon effroi se heurte à la quiétude de la grotte, à mon corps indemne, il se meut en mouvements invisibles et monumentaux, à l'image des plaques tectoniques qui s'entrechoquent pour créer de nouvelles rives. L'aigle incline sa tête vers moi, je commence à le caresser. La raideur de ses plumes a quelque chose d'osseux. Cela me rassure.

Plus tard, quand la lumière commence à décliner, le vieux se lève. Les miens ne doivent pas s'inquiéter, non, pas s'inquiéter. Il ne veut pas d'ennui. Ses yeux roulent. Si quelqu'un venait me chercher, il l'éventrerait, oui, il l'éventrerait. Et il s'agenouille pour piquer mon nombril de son couteau. Le contact du métal m'électrise. L'homme se met à rire. Quand son haleine gâtée me parvient, je détourne le visage. Mais ce n'est rien comparé au bout de tunique qu'il déchire et noue autour de mes yeux. Je porte la main à mon nez. L'ermite ordonne à l'aigle de rejoindre son perchoir. Libérée du poids de l'oiseau, je me sens presque inconsistante. Le vieillard ne me laisse pas le temps de m'en émouvoir, me pousse en avant. La blessure à mon épaule m'arrache une protestation. Il me somme de me taire. Il faut y aller, oui, y aller,

Petits, petits — sa voix module des trilles, à la manière du berger qui huche le troupeau. Je me demande qui est le plus fou, de lui qui me fait avancer comme une bête, de moi qui le suis telle une brebis. Après quelques pas, je devine que nous nous dirigeons à l'opposé de la sortie. Je peine à déglutir. L'atmosphère est de plus en plus froide, humide. À mesure que je progresse, les sensations deviennent familières ; eau qui suinte au point de calcifier la pierre en vésicules ou en grappes, selon le débit des gouttes, et cet air qui râpe la peau. Je passe mon index contre la paroi : du sel. Dans mon esprit tout se bouscule, je chancelle. L'ombre du fantôme s'entortille autour de mes chevilles. De son bâton le vieux me rappelle à l'ordre.

Le chemin se resserre, nous sommes contraints de ramper. Ma clavicule me lance. Soudain, il devient impossible d'aller plus loin. L'homme s'agace, frappe mes pieds du bout de son bâton. L'oxygène se fait rare, je m'affole. Pour me calmer, je convoque les séances d'endurcissement, *Pierre, je suis une pierre.* J'expire jusqu'à me tasser, à la manière d'un caillou. Quand tout l'air est évacué je donne une ultime impulsion et, broyée par la roche, pousse de toutes mes forces. Les blocs de sel raclent mes flancs, la moindre coupure cuit. C'est insupportable mais très vite le goulot s'élargit, libère mes membres.

Je suis passée.

À son tour le vieillard se faufile. Nous reprenons notre cheminement à genoux. J'ai beau essayer d'enregistrer le trajet à l'aveuglette, les galeries forment un labyrinthe trop complexe pour moi. Enfin la hauteur du plafond nous permet de nous redresser, m'indique le vieux. Il me guide encore quelques minutes puis s'arrête. Nos routes vont se séparer. Je compterai jusqu'à cent, oui, à cent. Et que je ne m'avise pas de le chercher, sinon — le vieux enfonce le bout de son bâton en haut de mon pubis, le remonte jusqu'à mon thorax —, sinon il m'éventrera.

Je commence à compter. Sa voix s'éloigne. Bientôt il n'y a plus que les chiffres et le bruit de l'eau qui sourd du plafond.

Cent.

J'ôte mon bandeau. Au loin, l'entrée de la mine dessine un rond de lumière. Le monde que je connais m'apparaît dans la netteté des soirs après l'orage. Je m'avance. Alors que je devrais me sentir soulagée, ma gorge se noue.

*

Lorsque je pousse la porte de la cabane, la nuit a gobé les dernières lueurs du jour. Maman se lève d'un bond. J'attends sa gifle mais son geste reste en suspens. Ses lèvres tremblent. Son regard passe de mon visage à ma veste déchirée. Je mériterais une correction. J'aimerais, même, en sentir la morsure. Pourtant elle baisse sa main. Et je m'effondre dans ses bras : naïve, j'espère que cette journée disparaîtra contre sa poitrine. Ses paumes remontent le long de mon dos, caressent ma nuque, mon cou ; tout mon corps se relâche, j'aimerais croire que la dévotion de Maman — *Mon amour, mon cabri* — peut anéantir tous les maux, les effacer du bout de ses doigts. Mais derrière moi June s'impatiente, ma sœur ne mange pas de ce pain-là. Je me dégage, prends le temps de les regarder, toutes les deux. Je vais leur dire la vérité. J'ouvre la bouche.

Ce qui en sort échafaude une tout autre histoire. Il est question d'un sanglier que j'ai cru seul. Une erreur de jugement — en fait, une laie et ses petits. Il est question de sa peur, de sa charge et de ma course. Des rameaux qui cinglent et du ruisseau à franchir. Il est question d'un face-à-face, de petits yeux, d'un groin humide, de mes muscles qui se paralysent. Et puis il n'est plus question de rien. Juste d'un réveil sous l'orage et du sang qui se répand en rigoles autour.

Pardon Maman, pardon…

Elle défait mon col, avise ma blessure. Ses yeux s'écarquillent. *Vite, June, va chercher l'alcool !*

Maman tapote la plaie avec un linge propre. Ôte la terre agglomérée aux caillots, me panse. June renifle autour de moi, furète. Elle ne tarde pas. *Tu es allée dans la mine ?* Sans attendre ma réponse, ma sœur passe un doigt sur ma peau, le lèche. *Tu es allée dans la mine.* Maman fait un pas en arrière, fronce les sourcils. Je balbutie. L'orage, un abri… Le mensonge suppure de partout. Maman et June avalent cette fable.

Pardon Maman, pardon…

Elle pose un index sur mes lèvres. *Chut.* Il est tard, il faut dîner. Maman me tend une assiette. Je n'ai pas la force de refuser. Ni l'envie. Je mange, j'ai honte mais je mange, sous son regard tendre et catégorique. Quand je vais me coucher elle me borde et prononce des mots si bas qu'il m'est impossible de les distinguer. Ils dessinent autour de moi une aura infatigable, et je cède à ce souffle continu et fécond de l'amour.

Le lendemain, June me propose d'aller chercher mon arc. Mon arc ? L'homme me l'a confisqué, je ne risque pas de le retrouver. Comment l'expliquer à ma sœur ? Elle insiste. Maman approuve, propose de nous accompagner. Je n'ai pas le choix. Nous nous harnachons. Je marche en tête, les guide jusqu'à l'endroit où j'ai aperçu le sanglier ; par chance, l'orage a tout noyé — empreintes, poils, lichens, glands, urines fraîches, tout a été remué et confondu par les eaux, rendu au ventre de la terre capable de digérer jusqu'aux os, et je souris à la vue de cet humus prodigue qui me sert de page vierge : ici j'invente un saut, là une cachette ; plus loin, des arbrisseaux cassés et des herbes mâchonnées trahissent une voie de passage. Je saisis l'occasion, piste ces traces qui nous conduisent au fond du vallon où j'improvise un réveil confus. Ce petit jeu me fait horreur mais c'est le seul possible ; si je révélais l'existence de l'homme, je condamnerais les miens.

Cela fait un moment que nous arpentons le défilé. L'arc demeure introuvable. J'affecte une déception. Maman me frotte affectueusement le dos tandis que June s'entête. *Il doit bien être quelque part !* Sa manière à elle de témoigner sa sollicitude.

Tout à coup, une corneille jacasse. Maman se fige, l'oiseau est bien en deçà du périmètre de sécurité. Je n'ai aucune arme à portée de main, l'homme m'a tout confisqué. Me voyant tâter ma ceinture, June me tend son lance-pierre. Une bouffée de chaleur submerge ma poitrine, remonte le long de mon cou. Le poids de l'aigle demeure imprimé sur mon bras. Tuer cet oiseau me paraît impossible. Maman et June se tournent vers moi. Qu'est-ce qui me prend ? En médaillon, le visage de Papa se fait menaçant. Dans un haut-le-cœur j'attrape le lance-pierre. D'une main je maintiens le manche en bois, de l'autre je tends la chambre à air. J'ai vécu cette scène mille fois. Le caoutchouc dégage une odeur âcre. L'air siffle, l'oiseau plus. Il dégringole ; sac noir, informe, monceau de plumes, d'ailes, de bec, de queue. À peine un bruit quand il touche le sol. Dans mon cœur, une bombe.

June, qui a déjà sorti la fiasque d'essence, se poste à distance suffisante pour asperger la corneille et frotte une allumette. L'automatisme de ses gestes me heurte. Le feu prend immédiatement, les plumes se recroquevillent, bûcher miniature. Je tousse pour évacuer mon désarroi.

*

Sur le chemin du retour, personne ne parle. Maman et June n'aiment pas plus que moi ce qui vient d'arriver. Tout à coup ma sœur s'écrie *Ici !* Je la vois se ruer dans un fourré pour en sortir mon arc d'un air vainqueur. Je tressaille. L'homme est dans les parages. Serait-il en train de nous épier ? C'est un vieux renard, capable de rester embusqué des heures sous un tas de feuilles. J'ai la bouche sèche, presque la nausée. Je tente de contrôler mon anxiété. S'il l'avait voulu, nous serions déjà mortes. L'arc signifie simplement : *Je suis ici, et je vous surveille.* M'a-t-il vue sacrifier la corneille ? Discrètement, je lève les yeux en direction du ciel. L'aigle plane, porté par une masse d'air chaud. Suspendu si haut que son regard brise probablement les limites du Sanctuaire, capable de contempler, au-delà des décombres du monde, la masse infinie de la mer. Aussi libre qu'il soit, l'animal tourne en cercles concentriques, aimanté par notre royaume. Cet oiseau est mon frère. En moi-même je m'écrie *Gloria !* tout en priant pour que Maman et June ne s'aperçoivent pas de sa présence.

June passe sa main devant mes yeux. *Hé ho, Gem', tu rêves ?* Elle me tend l'arc. Je l'attrape, étourdie. Ma sœur ronchonne. *Si peu de gratitude...* Je m'excuse, *Pardon, pardon,* je suis encore sonnée de la veille, caresse le bois. Il se courbe, souple, fauve. Mon regard brille. June se radoucit. Il est temps de repartir.

En chemin, Maman s'écarte de la sente, se baisse. Elle porte quelque chose à son nez, nous fait signe de venir. Les premières violettes de l'année. Accroupies, nous en cueillons quelques-unes avec douceur et application. Nous veillons à casser nettement la tige à sa naissance, il faut être délicat et attentif pour se laver de ce qui vient de se produire. Le printemps nous offre ses consolations.

Une fois à la maison, Maman confectionne un bouquet. Ses mains arrangent la gerbe, disposent les fleurs avec maladresse — tant les gestes appartiennent à une époque révolue. C'est à peine si elle ose effleurer les pétales, comme si elle caressait une bête endormie. Je la regarde sans bouger. Il suffirait d'un rien, un changement de lumière, un mouvement trop brusque, pour que la grâce s'évanouisse. Mais tout est calme. Aux lèvres de Maman le passé s'agrège : elle entrouvre la bouche.

C'est samedi. La mer roule les galets au bord de la plage. Maman traîne au lit. Percale, persiennes, rai de lumière. Des grains de poussière vibrionnent, légers. Elle est seule. Papa s'est levé tôt. Il se lève toujours tôt. Maman aime ce temps juste à elle. Son regard dérive, accroche un rayon, un pli du drap, le dessin du bois sous les lasures. Plus tard, de ces imperceptibles variations naîtront peut-être une phrase ou deux. Il ne lui en faut pas plus : une chambre, un matin, sa peau contre le tissage serré du coton.

Peu après, Papa rentrera avec des paquets plein les bras. Il aura fait un tour au marché. Maman l'aidera à déballer. Papier blanc, papier brun. Du pain, des petits fromages ronds, une grappe de raisin, parfois des huîtres. Toujours des fleurs. Renoncules, tulipes ou freesias ; Maman choisira un vase assorti dans le buffet. Elle goûtera la fraîcheur du dehors rapportée par Papa, la journée baignera dans une sorte de candeur. Ils s'assiéront et mangeront.

Maman laisse sa main sur les violettes, retient du bout de ses doigts les samedis matin, leur parfum iodé. Tout un univers effondré. Je me tourne vers June pour lui adresser un sourire mais elle repousse violemment son tabouret, claque la porte. Maman sursaute, arrachée à ses songes. D'un regard me supplie d'aller chercher ma sœur. J'ignore où elle a pu aller. Mais pour rien au monde je ne voudrais décevoir Maman.

*

Je finis par trouver June assise sur le siège éventré de la Ford. La carcasse de la voiture est restée devant la mine depuis leur arrivée ici. J'ai toujours connu le caoutchouc avachi des pneus, la carrosserie envahie par les ronces ; voilà à quoi ressemble une voiture pour moi : un tas de fer grignoté par la rouille et les broussailles. Petites, nous avions fait de l'habitacle notre terrain de jeu favori. Nous délogions les souris qui nichaient dans les banquettes, inventions des escapades. Il fallait nous voir sillonner les pays découverts dans le *Manuel d'instruction.* À son bord, nous avons traversé des déserts et des banquises, des capitales et des cours d'eau. Jamais la Ford ne nous a lâchées. Sauf cette fois où nous avions failli mourir de soif, au kilomètre cent sept de la route d'Acapulco. Le carburateur selon June. Heureusement, un jeune homme à dos d'âne nous avait sauvées. Une idée de June : je n'avais jamais vu d'âne. *Des chevaux avec des oreilles de lapin,* m'avait expliqué June. Mais de cheval pas plus que d'âne je n'avais jamais vu. Alors ma sœur s'était gratté la tête. Le jeune homme arriverait à dos de cerf. *Oui, oui, un cerf du désert.* Enfin, peu importait, nous étions sauvées, c'était l'essentiel.

La Ford est toujours là. Plus personne n'y prête attention. Elle fait partie du décor, au même titre que la route qui a conduit mes parents ici. Toutes deux rendues à la végétation. Le vent fait grincer la portière, June reste prostrée sur le siège. Je déteste la sentir si loin. Juny-June, tu es un mur, une falaise, je ne sais plus par quel bout t'attraper.

Quand elle tourne sa tête vers moi, les pleurs marbrent ses joues. Veines, paupières, lèvres, tout est congestionné. Son corps soubresaute, en proie à la colère et à la désolation. Elle crie presque. *Qui ? Qui nous offrira des fleurs comme Papa en offrait à Maman ? Quelle vie allons-nous avoir sans personne d'autre qu'eux ? Plutôt mourir que de rester cloîtrées ici. Tu ne le vois peut-être pas, mais les troncs des arbres sont les barreaux de notre prison.*

Sa violence me souffle.

June se lève, me frappe le front de sa paume. Parce que je crois quoi, moi ? Qu'ils sont immortels ? Qu'on formera pour toujours une gentille petite famille au fond des bois ? Le regard de June me taillade. Elle martèle. *Papa et Maman vont mourir. MOU-RIR.* Et ce jour-là, que restera-t-il ? De la bave, rien que de la bave. Parce que tous nos pleurs auront coulé.

June me bouscule.

Je ne veux plus l'entendre. Elle insiste.

Quand nous aurons fini de baver, il n'y aura plus qu'à se laisser dessécher. D'abandon, de froid, de solitude. Ce serait bien que je m'efforce d'imaginer, dit-elle. Et elle s'avance, frappe ma poitrine du bout de son index. *Mais la petite Gemma ne pense pas à tout ça.* Elle frappe. *La petite Gemma chasse.* Frappe. *Elle passe son temps à chouchouter ses couteaux.* Frappe plus fort. *Son arc.* Le visage de June n'est qu'à quelques centimètres du mien. Sa main m'enserre la gorge. *Quelle chance d'être la sœur d'une petite sauvage !* Serre plus fort. À coup sûr j'aurai la force de continuer. Et de lui survivre. Elle me voit déjà, à genoux sur sa tombe, avec cette béance stupide dans les yeux quand je comprendrai à quel point notre monde est vain : du vent, rien que du vent, à peine contrarié par les feuilles. Ce jour venu, je pourrai crier ma puissance à la face de l'univers, plus personne ne sera là pour m'entendre. Mangé par les vers, Papa ne pourra plus s'extasier, et j'aurai beau me rouler contre les ossements de Maman, seule une nuée de poussière chaulera ma joue.

Elle essuie de la morve à son nez.

On verra bien si traquer des bêtes du matin au soir sera toujours aussi excitant… Peut-être admettrai-je alors que notre vie est sans issue. Que les filles de notre âge attendent le bus pour aller à l'école, s'inquiètent d'un devoir oublié, de leur taille de soutien-gorge. Qu'elles se donnent rendez-vous à la bibliothèque ou au cinéma. Voilà à quoi devrait ressembler notre vie. Avoir des amis, écouter de la musique, faire des feux sur la plage. Et parfois un garçon viendrait s'asseoir à côté de nous, glisserait un bras autour de notre taille.

La voix de June s'entrecoupe de sanglots. *Personne,* elle répète, *personne ne passe son temps à brûler des oiseaux.* Elle s'affaisse, agrippe mes mollets. Noyée dans ses pleurs, je perçois mal une suite de mots qui se termine par *en finir.* Je recule, fais non de la tête. Non, June ne peut vouloir cela. Je devrais m'accroupir, la prendre dans mes bras, mais je détale, éperdue, lâche. Une pensée ricoche dans ma tête, *Nous sommes une famille,* je dérape sur l'herbe, m'accroche à cette idée, *Nous sommes une famille,* même si je sens bien que les choses ne sont pas aussi simples.

Qu'elles ne l'ont jamais été.

Longtemps je reste dans la forêt, incapable de pardonner à ma sœur. Une fourmilière en fait les frais, pulvérisée d'un coup de pied. Les insectes s'agitent, d'abord fiévreux, incohérents, puis des files se créent, et les braves petites bêtes s'affairent, qui transporte un œuf, qui un bout de feuille. Elles s'organisent, réparent, reconstruisent, toutes au service d'une stratégie commune, dans l'unique but de garder intacte la structure qui protège et nourrit. Le Sanctuaire est notre fourmilière, June n'a pas le droit de le faire voler en éclats.

*

Je pousse la porte de la cabane. June est rentrée. Sa tête repose sur les genoux de Maman. Aucune des deux ne parle. Il fait presque nuit. D'un geste las, Maman caresse la joue de ma sœur.

Pendant la soirée mon ressentiment ne s'estompe pas. Le visage brisé de June m'est insupportable. Elle n'a pas le droit, pas le droit de nous faire ça. Nous respirons l'odeur des pierres, possédons le feu et la rumeur des bêtes, nous dominons les vallées et tout le vert et tout le bleu. Gloria ! Comment June peut-elle l'ignorer ? Je mordille un morceau de cuir. Mes petits coups de dent libèrent des bouts de colère. Maman s'affaire sans rien dire. Elle doit sentir que la moindre parole serait de trop. June finit par aller se coucher, embrasse Maman au passage, baiser lointain, éventé. M'adresse un regard où plane un sursaut d'attente. Il faudrait cesser de mordiller, il faudrait se radoucir mais c'est plus fort que moi, je plante de nouveau mes incisives dans le cuir, tête de pioche. Les épaules de Maman tombent.

Je garde les yeux ouverts dans la pénombre, têtue. J'inventorie l'intérieur de la cabane. Le feu, l'étagère avec les livres, les bocaux. Voilà ce que Papa et Maman ont réuni pour nous. Ces objets représentent la somme de tous leurs efforts pour maintenir notre famille en vie et nous ménager un asile dans ce monde effaré. June ne leur en est pas assez redevable. Accroché au mur, j'avise mon arc — Maman a dû le remettre à sa place. Papa et elle bâtissent pour nous la possibilité d'un quotidien. Mes yeux glissent de l'arc à la fenêtre. Lourde d'ombres, la forêt nous encercle. Elle aussi veille. Agités par le vent, les arbres ploient leurs bras en guise de protection. Soudain, un mouvement derrière la vitre. Je me redresse. L'homme ? Les minutes passent, épaisses. Tout semble normal. Je m'étends à nouveau, sans quitter la fenêtre des yeux. Avec la fatigue, je crois voir surgir la face du vieux. L'instant d'après, plus rien. À mesure que la nuit avance, je lutte contre le sommeil, une drôle de sensation me tourmente.

Bientôt le feu s'essouffle, bientôt le froid devient mordant. Il faut aller chercher du bois.

Je me lève à la dérobée, pousse la porte. Avant de m'aventurer plus loin, j'écoute les alentours. Le vent anime un tronc, longue plainte. Plus haut un bloc se détache de la falaise ; effondrement de sabots. Ailleurs, l'obscurité écrase la forêt. Je respire un grand coup, finis par me décider. Tandis que j'avance, il me semble que l'odeur de l'homme pique mes narines. Surtout ne pas céder à la panique, lui tordre le cou, la traiter comme un vulgaire volatile et continuer jusqu'à l'appentis ; un pas, un autre. Je suis droite, je suis forte, je pense au jour et aux buissons de mûres, aux coulis de Maman et à sa jupe violette. Je répète tout bas *Je suis plus forte que la peur.* Une fois à l'appentis, je jette toutefois les bûches en pagaille dans le panier. Le travail accompli, mes mains tremblent. Indifférente, la Voie lactée insémine la nuit. Prudemment, je contourne l'arrière de la maison. Un pas, un autre.

Quelques mètres me séparent de l'huis, mon corps s'apprête à se détendre ; je vais pousser la porte, ravitailler le feu et m'enfoncer dans mon lit. Le sommeil finira d'avaler mes tourments. Mais alors que je pose ma main sur la poignée, mon regard avise quelque chose au sol. J'étrangle un cri : une plume. Les battements de mon cœur s'accélèrent. Tout à l'heure, il n'y avait rien. L'homme est ici, tapi dans un coin, il m'observe, c'est sûr, peut-être même qu'il nous espionne depuis le début de la journée.

Je ramasse la rémige, la dissimule sous ma chemise puis me faufile à l'intérieur. En un tournemain je ferme la porte à double tour, escamote la fenêtre avec un tissu. Je m'agenouille pour alimenter le feu. Trempée de terreur, je grelotte. Bientôt une flammèche reprend, les brindilles s'embrasent. Je me rapproche pour me réchauffer.

June et Maman dorment à poings fermés, respirations régulières. Je me risque à sortir la plume. De part et d'autre du rachis, les lames se divisent avec la précision d'un couteau à double tranchant. J'observe le cintrage, les motifs doux et terreux, passe la penne sur ma joue. Elle se plie, subtilement élastique. Je songe au contact osseux du plumage de l'aigle, à la placidité de son regard. De tous les êtres que je connais, lui seul habite son territoire avec une telle impassibilité. Lui seul saurait me calmer. J'aimerais le sentir à mes côtés. Maman se tourne ; je dissimule le trésor sous ma paillasse. Mon cœur bat trop fort pour espérer m'endormir. J'ai beau me blottir sous la couverture, la peur et l'excitation ne cessent de jouer à touche-touche dans ma tête. Je me lève telle une automate et traverse la pièce, rejoins la couche de June, m'y coule. Elle porte une tunique légère. Ses jambes sont nues. Tout est chaud, ample et duveteux. Je remonte les draps au-dessus de mes cheveux, enfouis mon nez au milieu de ses boucles. Elles sentent la sciure et le feu, les courses et les roulades dans le plantain. Je pose une main sur sa hanche, colle ma bouche à sa nuque. Et je reste éveillée contre son corps, à guetter le moindre bruit.

Quand j'ouvre les yeux, le front de June est plaqué contre le mien, il fait jour et ma sœur me regarde. Puis elle se détache pour appliquer un baiser à la naissance de mes cheveux. Un baiser de miel. Je m'en veux de m'être emportée contre elle. Peut-être est-ce moi qui nous mets tous en danger ?

Après les galettes du matin, je décroche mon arc. Échaudée par ma blessure, Maman hausse le ton : je n'y pense pas, dans mon état ! Je parlemente. Les réserves de viande s'épuisent, l'anniversaire de June approche, a-t-on le choix ? Maman plisse les lèvres. Je connais cette moue. Pour l'apaiser, je jure de faire attention. Elle acquiesce sur un ton qui se veut dégagé, mais son ongle s'acharne trop sur de la sève collée à sa jupe pour que j'y croie vraiment.

J'attrape ma veste, balaie ma mauvaise conscience d'un geste vif quand June saisit mon poignet : *Maman a raison, fais attention Gemma.* Je marque une pause, promets d'être prudente. June continue de me scruter, à la recherche d'une raison plus profonde d'avoir confiance. Je suis incapable de la lui offrir.

Je pousse la porte.

*

Dans la forêt, tout — mousses, herbes, toiles d'araignée — est ocellé de rosée. Le bas de mon pantalon se plaque à mes mollets, j'aurais dû chausser mes guêtres. Depuis ma rencontre avec le vieux, je multiplie les négligences. J'ai intérêt à me montrer plus prudente. Arrivée à la rivière, je bifurque à droite. À mesure que je descends, les conifères laissent place aux feuillus. Leur frondaison épaissit la canopée. Quand on lève la tête, la part du ciel se réduit à des ajours bleus sur une dentelle verte.

À hauteur de la mine, je songe à ce que June m'a dit la veille. Que les arbres sont notre prison. J'observe les hêtres, les bouleaux, les chênes. Le soleil larde la forêt de rais obliques. Existe-t-il des cachots de lumière ? Impossible d'envisager notre vie de la sorte. Mes yeux s'arrêtent sur les liserons. Tout est à leur image. Leurs vrilles gobent la carcasse de la Ford, submergent le monde ancien. Notre avenir est ici, dans cet asile de verdure, l'azur en cuirasse. Machinalement je lève les yeux au ciel. Pas la moindre trace de l'aigle.

À peine éprouvé-je une pointe de déception qu'une voix m'interpelle. Moi, oui, moi, je dois rester immobile. Le débit du vieux est reconnaissable entre mille. Il m'a vue cette nuit. Il a vu comment je regardais la plume, *Câlin, câlin.* Il se balance à la manière d'une mère qui dorloterait son enfant. Puis il pointe son doigt dans ma direction. Un jour il faudra choisir, oui choisir.

Il suffirait de peu pour que sa colère l'emporte, je le sens ; alors je saisis son avant-bras.

Il se tait.

Le vent colporte les murmures de la forêt.

Nous restons un moment ainsi.

Puis, sans que je comprenne pourquoi, l'homme me prend à la gorge. Il n'a pas envie, non, pas du tout envie de me voir ! Son visage est si proche que je peux détailler chaque pli, chaque ridule ; la crasse ouvre des deltas au bord de ses yeux. Il resserre son étreinte, prend un étrange plaisir à observer mes traits se tuméfier. Puis son regard ripe, accroché par je ne sais quoi, son esprit semble voguer au-dessus de sa tête, comme si je n'étais plus là, à étouffer sous son nez. Dans un ultime effort je l'implore. Il sursaute, stupéfait de me trouver au bout de ses doigts, me relâche. À moitié asphyxiée je m'affaisse. Le vieux me somme. Debout, de dos, oui, de dos. J'obéis. Et de nouer le tissu autour de mes yeux. Mêmes fibres, même odeur aigrelette.

Le chemin en sens inverse paraît plus court. Protégée par le bandage confectionné par Maman, la blessure me fait moins souffrir et je franchis la goulée sans trop d'encombre. Égal à lui-même, le vieux me pousse avec son bâton. Parvenus à la grotte, il ôte mon bandeau, me tire vers l'extérieur par la manche. La blancheur du ciel m'éblouit. Ici et là, des rapaces se mettent à crier. Le vieux les fait taire d'un ton sec. De trace de l'aigle, toujours pas.

Je n'ai pas le temps de m'en inquiéter que l'oiseleur désigne un faucon. Léger, l'émerillon s'envole, battements d'ailes nerveux, queue en éventail. Le vieux claque des doigts, l'oiseau s'immobilise, écharde dans le ciel. Un mouvement léger de la main et l'oiseau fond sur moi, piqué net et droit. Je protège mon visage. Au dernier moment, il frôle mes cheveux et rejoint son perchoir. Le vieux hoquette *Elle a eu peur, elle a eu peur !* Il peine à se calmer, esquisse un nouveau signe.

Un circaète s'élève. Sa silhouette découpe le ciel en vastes parts. L'oiseleur profère une sorte d'incantation. L'oiseau accélère. Le vieux l'encourage. Le rapace s'arrête, stationne au-dessus de la corniche, puis s'abat sur un point invisible. Mêlées sauvages, plumes, ruban musculeux, nœud en saccades. Le circaète en ressort, un serpent dans le bec. Vient le poser devant nous. La couleuvre tente de s'échapper. L'oiseau la pique à la tête, étire ses ligaments et commence à l'ingérer. La queue dépasse de son bec, secouée par d'ultimes influx nerveux. L'oiseleur la tranche, la balance aux vautours. C'est la curée, je recule de dégoût. L'oiseleur s'offusque. Que l'on respecte ces vénérables charognards ! La colère fait trembloter ses lèvres. Une heure suffirait, oui, une heure, pour qu'ils m'étripent. Le rictus qui lui déforme la bouche laisse apparaître une canine particulièrement pointue. Je ferais bien de rabattre mon caquet : on la ramène moins quand on porte ses viscères en collier.

Je me contente de toiser le vieux qui fixe maintenant un épicéa. Aucun oiseau n'y gîte. Cela s'éternise jusqu'à ce que l'homme m'administre un coup au thorax. Je manque tomber. Le vieux pointe son index en direction de l'arbre. C'était là, oui, là — il gronde — que nichait son épervier ! Son menton chevrote, un peu de bave y coule. Le vieux insiste. *Un bel épervier.* J'ai l'impression qu'il va se mettre à pleurer. Quelques secondes après, le voilà qui se passionne pour une nuée de moucherons. Je tente de m'écarter. Peine perdue, le vieux m'empoigne, ses yeux plantés dans les miens. *C'est ton père,* il appuie, *ton père qui l'a tué !* Ses postillons criblent mon visage.

Au même instant surgit au-dessus des crêtes l'immense silhouette de l'aigle. Le vieux plaque son ventre contre mon dos, colle sa bouche à mon oreille. Mais moi, oui, moi, je suis différente. Sa voix trémule tandis que quelque chose de dur appuie contre mes reins. Je voudrais me défaire de son emprise, je voudrais le repousser. Mais je reste, piégée par mon désir d'approcher l'aigle.

Bravant tout instinct de protection, je lève le

bras en direction du rapace et siffle. L'oiseau poursuit sa trajectoire. Je siffle à nouveau. L'aigle ignore mes appels, porté par un courant ascensionnel. Un mélange de honte et de colère noue mon ventre mais je n'abdique pas. L'homme me cherche de son sexe à travers les tissus tout en récitant des paroles obscures. *Aux braves sans descendance, les oiseaux et le ciel, aux braves sans descendance, les oiseaux et le ciel.* Et plus sa voix enfle, plus son sexe durcit. Un filet de sueur mouille mon dos. Le vieux respire par la bouche. Imperceptiblement, ma voix se mêle à la sienne. *Aux braves sans descendance, les oiseaux et le ciel.* Ses bras soulèvent les miens, chorégraphie lente et souple, ils me soumettent. Nous traçons dans les airs des courbes que l'aigle prolonge en amorçant sa descente. Plus l'oiseau approche, plus mon ventre s'échauffe. Un noyau s'y consume, plaisir sauvage de faire corps avec la bête. Le vieux respire de plus en plus fort. L'aigle n'est plus qu'à une coudée ; l'homme tend son bras, entraînant le mien. Le rapace pose ses serres à même ma peau. Je pousse un cri de douleur tandis que le vieux gémit. Quelques secondes plus tard il titube, secoué par une vague de tremblements. Une tache humide au pantalon.

Je le regarde, hébétée. Il bredouille, la tête entre ses mains, *Non, non !* Sa paume frappe son front. *Non, non !* Et le dépit se mue en colère, il se précipite sur moi. Je m'attends à recevoir une pluie de coups mais l'aigle s'interpose, les serres en avant, et bat des ailes pour repousser son maître. Stoppé net, l'homme reste bouche bée. Il me faut un certain temps pour comprendre : le rapace a pris ma défense. N'était ma peur, j'éclaterais de rire. Le vieux remue les lèvres, voudrait dire quelque chose mais n'y arrive pas. L'aigle se pose à nouveau sur mon bras. Un peu de sang coule.

L'oiseleur crache à mes pieds et va s'asseoir face au cirque des montagnes. Il passe le reste de la journée à me tourner le dos. Une forme de capitulation. Ou de bouderie. Peu importe, seul l'aigle compte. Lui et moi employons la journée à nous apprivoiser. D'abord nous jauger, sentir l'autre à distance. Ensuite approcher mon nez, frôler le poitrail de l'oiseau. M'en emplir les narines, et reconnaître dans l'odeur poussiéreuse des plumes le parfum des poils et des sabots. Tâter le tégument du bout des ongles. Se sentir si proches.

Au bout d'un temps, l'aigle s'envole. Revient avec une marmotte entre les serres, dépose son butin devant moi. À l'aide d'une pierre j'ouvre le crâne du rongeur. Le rapace fait bonne gorge puis me laisse finir la cervelle. Je la mange avec les doigts. Jamais je n'ai ressenti d'excitation aussi forte. L'idée que cette journée puisse se terminer me tord le ventre.

L'ombre de la montagne finit par endeuiller la forêt. L'homme revient vers moi. D'un signe il ordonne à l'aigle de regagner l'intérieur de la grotte. Ma poitrine se craquelle. Je laisse le vieux nouer sans ménagement le tissu autour de mes yeux et me pousser de l'autre côté de la montagne. Un vide immense en moi. Après avoir défait le bandeau, le vieux s'efface. Je sais que je ne le reverrai plus avant longtemps.

*

Les premiers jours, je ne cesse de penser à l'aigle. J'imagine ses plumes sous mes doigts, leur odeur rouquine, poudreuse. J'étreins le vide. Et lorsque les croûtes causées par les serres se détachent de mon bras, des larmes roulent sur mes joues. Maman va m'enlacer, trouver les mots justes : *Mon amour, mon cabri…* Foutaises. Penchée sur son ouvrage, elle ne remarque même pas mes pleurs, continue de tisser la robe de June, et je reste là, assise sur la paillasse, dans cette posture imbécile, incapable de dompter cette douleur au fond de mon ventre ; quelque chose de petit et pointu, un os minuscule.

Un matin, Papa réapparaît. Cela devrait m'arracher des cris de joie, je devrais exulter lorsqu'il nous fait tourbillonner dans les airs comme des fétus de paille, mais rien, pas même le fusil qu'il a dégoté dans une masure ne vient à bout de ma mélancolie. Absorbé par le récit de sa découverte, Papa s'époumone. Le propriétaire de la maison était entièrement momifié dans son lit, le visage tout sec, couleur brique. *Un litchi ! C'est ça, un litchi !* Il n'en finit plus de rire. De quoi le pauvre type était mort — faim, soif, fatigue —, on ne le saurait jamais. Toujours est-il qu'il n'avait pas lâché sa pétoire. Une chance ! La bourre des couvertures avait protégé l'arme : pas un pet de corrosion ! Papa caresse le métal, *Un calibre 12, double détente...* Sa voix chauffe l'air, il attrape ma main, la fait passer le long du canon. Je la retire précipitamment. Il éclate de rire. *Le pétard n'est pas chargé !* Je n'ai pas peur du fusil : c'est le cylindre du canon, il me dégoûte. Dur et long ; on dirait le machin du vieux dans mon dos. Papa tourne et retourne l'arme, la flatte, brave bête. *Un petit coup de ponçage sur la crosse et le tour sera joué. Une vraie cuisse de bonne femme !*

June observe le fusil avec attention. Elle s'approche en mordillant ses lèvres. Est-ce qu'elle pourrait l'essayer ? Satisfait de son petit effet, Papa secoue une boîte sous son nez. *Elle a de la chance, la Juny-June, c'est son anniversaire avant l'heure ! Une boîte entière de cartouches ! On va bien s'amuser.* Il l'entraîne dehors. Avant de franchir la porte, Papa se retourne. *Ils vont prendre du plomb dans le cul ces satanés piafs !*

Je peine à avaler ma salive.

Les jours passent.

June s'enthousiasme pour le tir. Papa la rationne : *Il faut garder des cartouches en réserve.* Je reste à l'écart. À chaque détonation, l'œil de l'aigle, bille noir et jaune, voile gris, m'accuse un peu plus.

Maman finit par s'apercevoir de mon air chagrin, souffle dans mon cou son haleine d'amande, voix toute chaude, *Gem', Gemma.* C'est trop tard, Mummy. Il aurait fallu comprendre plus tôt, je suis déjà loin, la peine a verni ma peau, un vrai plumage d'oiseau. Imperméable, j'esquive les questions. Depuis son poste de couture, elle me regarde en douce.

Et un jour, venu à ma rescousse, du sang s'écoule entre mes jambes. Maman me prend dans ses bras, *Mon amour, mon cabri.* Elle ne cesse de répéter *Ma toute grande, ma vie,* comme si j'avais fait quelque chose de bien. Alors que je me contente de laisser cette tiédeur s'échapper entre mes cuisses, Maman m'attire à part. Sa voix se fait sérieuse, *Ma toute grande, les jeunes filles connaissent des sautes d'humeur lorsque leur corps grandit.* Je n'ai pas à m'inquiéter. Tout va rentrer dans l'ordre.

Je lui souris. Tout bas, j'ai envie de pleurer.

Le soir, Maman confie la nouvelle à Papa. D'abord, il ne dit rien. Mais la veine à sa tempe pulse. Soudain sa main s'écrase sur la table, patte de bête énorme, et balaie ce qu'il reste de vaisselle. Maman blêmit, même couleur que les assiettes brisées par terre. Je me tasse dans mon lit. June aussi.

*

L'anniversaire de June approche. Maman ne pense plus qu'à la robe. Elle râpe ses yeux sur la moindre des finitions, les points d'arête, les tiges en passé plat, comme pour mieux oublier ce qu'il se passe autour. On croirait les fleurs sorties d'une nuit gigantesque, de celles qui tiennent les princesses prisonnières. Elle a pris du retard, il faut trouver un prétexte, quelque chose qui lui permette de travailler plusieurs heures d'affilée sans que June ne se doute de quoi que ce soit : *Ma toute grande, ma vie, tu inventerais quelque chose ?* Je ne sais quelle substance dore les mots de Maman — confiture ? fruits juteux ? — mais il suffit qu'elle ouvre la bouche pour me donner envie d'obéir. Je me gratte la tignasse. Et si je proposais à June de m'accompagner dans la forêt ? Sous l'effet de l'humidité le manche de mon poignard s'est fendu. J'aimerais en tailler un nouveau. On pourrait trouver du houx, ou mieux, un beau chêne, avec des nœuds qui vrilleraient le bois. Ce serait bien. Mais June a autre chose à faire. Elle n'a pas envie.

Papa hausse le ton. June fait profil bas. Les

assiettes, elle se souvient sûrement des assiettes. Et de la grosse main de Papa.

Nous partons.

Les semelles de June charrient la poussière tandis que je l'entraîne du côté de la mine. Je n'ai rien planifié. Au fond de moi espéré-je probablement un signe du vieux. Mais sur place, rien. L'oiseleur a déserté ce versant-ci de la montagne. Seule l'entrée de la mine, comme en guise de défi, crache sa gueule sombre. Dépitée, je poursuis plus bas.

June glane ici une baie, là un brin d'herbe, me les jette nonchalamment dessus. Je ne réagis pas. Les épillets s'accrochent à mon pull, je m'en moque, trop occupée à ruminer ma déception. June s'agace, me traite de cinglée. Lance une pomme de pin dans mon dos. Cette fois, ça suffit. Je vais lui faire avaler sa mauvaise humeur, me retourne vers elle quand un bruit attire mon attention. Et si c'était le vieux ? J'ordonne à June de se taire. Elle m'adresse une grimace. Idiote. Je tâche de faire abstraction, régule ma respiration, progresse sans bruit entre les troncs. Bientôt le craquètement se précise. Je poursuis en biais. J'oublie presque June qui imite mes postures d'affût — Pierre, je suis une pierre. Ainsi, j'atteins le haut de la crête. Plus bas sinue la Ravine aux Mûres. D'ici, j'aurai une vue panoramique. Je me plaque au sol, guette la silhouette famélique du vieux. Mais seule une biche broute à l'ombre d'un genévrier. June s'est placée à mes côtés. J'entends déjà ses sarcasmes. Pourtant, aucun quolibet, pas de coup dans les côtes ; elle reste muette, ses yeux animés d'un drôle de feu : ils dévorent, engloutissent.

June mange le vallon.

Un instant me suffit pour comprendre. Depuis notre plus tendre enfance, Papa nous a enseigné les frontières du Sanctuaire ; leur tracé est inscrit dans notre rétine. La Ravine aux Mûres en fait partie. La respiration de June s'accélère. Sa poitrine se soulève. Son torse est attiré vers l'avant, appelé, à tel point qu'elle se jette dans la pente. La biche bondit. Je crie à ma sœur d'arrêter. *Papa va nous tuer !* Mon cri se perd au milieu des cailloux. Seul son écho me revient. C'est sûr, Papa va nous tuer.

À mon tour je m'engouffre dans la pente.

June talonne la biche. Jamais je ne l'ai vue courir ainsi, souple, agile, zigzaguant entre les troncs, évitant les branches et les accidents du relief, mue par un désir qui semble ne lui opposer aucune limite. J'en oublierais qu'il s'agit de ma sœur. Elle devient lynx, les muscles mobiles sous sa peau. Je peine à tenir la distance et la laisse disparaître aux trousses de la biche. Il me faut les pister à l'oreille, guidée par les cris que June se met à pousser. Je ne sais s'il s'agit de hurlements de joie ou de bête, j'entends seulement qu'ils jaillissent en javelot, en foudre bleue, et disent

Je suis vivante !

Le verrou a sauté !

Longtemps je progresse ainsi, guettant les rugissements de June. J'en perds la notion du temps, et plus encore celle de la distance. Ses *yipi yipiha* me contaminent, bombardent ma tête, et mon corps ricoche de pierre en pierre.

Hors d'haleine, j'atteins l'orée d'une forêt. Là, face à un large cours d'eau, June se tient immobile. Elle regarde la biche s'effacer de l'autre côté, entre les frênes. Je reprends mon souffle. Le ciel change brutalement de couleur ; les orangés se barbouillent de rouge, s'étalent en immenses taches de sang qui bientôt s'enténèbrent, les noirs et les violets tendent la voûte comme un hématome. Impérieuse, la Dent de Fer nous surplombe. Petite, toute petite, voilà comment je me sens. Mais incroyablement dense.

J'avance jusqu'à June. La crinière des flots calotte les pierres. On croirait de la lave. Ni June ni moi ne nous risquons à dire quoi que ce soit. Nous respirons. Fort. Vite. Toutes les deux savons de quoi il retourne. Son regard cingle la surface de l'eau. Il s'abîme loin, très loin. Je la prends par la main. Nous restons un long moment à presser nos phalanges, jusqu'à nous faire mal. June finit par me lâcher. Elle avance, hésite. Son corps suspendu. Quand elle se retourne, ses pupilles sont dilatées. Je sais ce qu'elle attend. Il suffirait d'un rien. Un simple hochement de tête. Mais j'ai beau essayer, mon visage demeure immobile. Pierre, je suis une pierre.

Les traits de June se figent à leur tour, durcis au point de pouvoir se briser. Je l'attire à moi. Elle déglutit bruyamment. Pas pleurer, surtout, pas pleurer.

Nous rebroussons chemin.

Le trajet en sens inverse est éprouvant. Escarpements abrupts, rosée du soir, on se prend les pieds dans des racines sorties de terre, on dérape sur des mousses gluantes. Partout la main noire de la nuit a tendu ses pièges et les arbres animent leurs branches pour nous capturer. Des moustiques ricanent au-dessus de nos têtes. À plusieurs reprises il nous faut nous entraider. À chaque fois que June s'agrippe à moi, une voix sournoise me susurre *Tu vas la lâcher.* Voilà ce que j'ai fait tout à l'heure. J'ai lâché June. C'est la vérité. Pourtant, Dieu sait comme je l'aime, tout grand, tout chaud. Au plus profond de ma chair. Mais de ces tréfonds se répandent de noirs faisceaux ; ils annoncent *Cela finira mal.* Un froissement d'ailes de corbeau me répond. Je devrais être terrifiée, me débattre pour retrouver le chemin de la quiétude — il en est certainement un, celui de l'enfance par exemple, où nous foulions des sentiers purs et légers.

Mais il est stupide de vouloir revenir en arrière. Il faut gravir la montagne. Avec June. Même si ça fait mal.

Je bombe la poitrine et me mets à chanter *Hippie Hippo Pop* dans la nuit.

June enchaîne en canon.

Quand nous arrivons à la cabane, Papa se tient debout sur le seuil. Il nous gifle. Où étions-nous ? Ils nous ont cherchées partout. Aucune de nous deux ne répond. Maman pose une main sur son épaule. *C'est de ma faute.* Papa lui claque la porte au nez. Le corps de Maman soubresaute mais son visage reste impassible. Elle nous fait venir à elle, nous enlace. *Mes amours, mes cabris.* Plus tard, elle chuchote à mon oreille un *Merci* si triste et doux qu'il me rappelle le duvet d'un oiseau mort.

*

Le lendemain, Papa semble avoir digéré l'incident. La vie reprend son cours, rythmée par l'inlassable cortège des corvées habituelles. Y passent les heures, y passent les jours, et toujours le vieux demeure invisible, me laissant aux prises avec ce vide inconsolé. Pour le combler, ce trou, je jette dedans tout un tas de mauvaises idées.

Une expédition qui passerait par les falaises, des cris pour appeler l'aigle, un bûcher de rapaces pour provoquer le vieux. Des folies, rien que des folies.

Afin de me calmer je me réfugie dans l'effort, fends le bois, monte des piles de bûches que je défais pour les remonter encore et encore, jusqu'à ce qu'elles soient parfaitement alignées. Peine perdue. Mon esprit s'envole, direction le ciel, dont seule la trajectoire d'une pie ou d'un échassier rature l'immensité.

Certains jours Papa actionne le lance-flammes. Le cliquetis de la valve d'essence me fait tressaillir et les carcasses carbonisées soulèvent mon cœur. Un merle, une chevêche, deux sansonnets, petits corps noircis, effacés, confondus dans les mêmes cendres. Je cours dans l'appentis briquer les lames. Aussi bien leur reflet bleuté me renvoie aux cieux. Alors je frotte rageusement le métal pour faire disparaître l'image de l'aigle. L'abrasion ne fait qu'aiguiser mon désir.

Un jour, fatiguée de languir, je m'enferme dans la maison pour y compulser le *Registre* et y trouver, peut-être, une forme d'anesthésie. Je commence au hasard.

Fourchette (4), lacets (2), boîte d'allumettes (2), essence (3 l), couverture (1), tournevis (1)…

L'écriture de Maman a mité le document d'origine. Au fur et à mesure, les mots se dépouillent de leur sens et je m'abandonne au papier. Tout devient flou, cotonneux. Les lettres glissent, dotées d'un pouvoir sédatif. Et le miracle se produit : derrière l'écriture de Maman apparaît en filigrane le plan de la mine. Tout était sous mon nez depuis le début. J'étouffe un cri de joie. À peine si Maman tourne la tête. Elle plonge à nouveau dans le satin, pique, surfile, aliénée à sa tâche. J'en profite pour feuilleter les autres pages, tente de mémoriser le numéro de celles consacrées aux croquis. Je suis tellement excitée que tout virevolte — pensées, efforts, autant de papillons étourdis par le vent.

Déjà Papa rentre faire bouillir de l'eau ; je referme le livre.

Chaque jour je guette les moments où je peux poursuivre mes investigations. Deux parties du *Registre* m'intéressent particulièrement : les cartes et le journal de bord. Je cherche le passage où il est question de l'effondrement. Il me faut croiser les informations, localiser l'endroit exact où l'homme a été emmuré vivant. Je fais le pari hasardeux que ce dernier n'est pas mort et qu'en fait de fantôme, il s'agit du vieux.

C'est le plein après-midi. Les insectes réveillés par les prémices de l'été compactent l'air de leur bourdonnement. Tout est touffu. Même les lignes du *Registre* paraissent ratatinées sous la chaleur. Les lettres ronronnent, pattes de mouches endormies. Je tourne la page. C'est un compte rendu technique. Bien que le formulaire soit tronqué, je parviens à comprendre. L'accident a impliqué un certain Tremblay, au service de la mine depuis X années. Le type aurait laissé échapper un bâton de dynamite. Je le suppose parce qu'il est écrit : « *Quel est le geste exact qui a provo. . . . . .emblay a lâché. .dyn. . .* » Des forages semblent avoir été entrepris à la suite de l'incident. Des témoignages d'ouvriers ayant entendu des signes de vie ont été consignés, mais l'écriture de Maman est trop dense à cet endroit-là pour que je puisse les déchiffrer. On a abandonné les recherches au bout de trois jours. Voilà ce que je décrypte. Le plus important vient. On déclare la zone sinistrée inexploitable : « *Galerie 16 fermée.* » Ma main tremble. Je sais où chercher, tourne frénétiquement les pages. M'y voilà. Plan 46. Galerie 16. Maintenant je sais.

Le vrombissement des guêpes et des abeilles se fait de plus en plus sonore, ou est-ce ma tête qui ronfle de plaisir ? Je referme le livre, le pose sur mes genoux tandis que l'excitation fermente à l'abri sous mon crâne. Le volume brûle mes cuisses. Quand cela devient intenable, je me dirige vers le jardin. Le soleil lui aussi cuit ma peau. Je grignote un haricot cru pour me rafraîchir. Chaque instant est enrobé de couleurs vives. Cela doit faire ce genre d'effet, les bonbons. June m'a raconté. *Tic Tac, Dragibus, Pop Rocks, je te jure, des pétards de sucre sur la langue.* Je n'ai aucune raison de me presser. Je tourne les secondes dans ma bouche, les suçote jusqu'au cœur. Comme des bonbons.

*

Tandis que Maman prépare le repas, je rassemble quelques affaires et les dissimule à la hâte dans le creux d'une souche. Papa et June ne vont pas tarder, les séances de tir prennent toujours fin avec le crépuscule.

D'ailleurs les voilà qui arrivent. En chemin ils ont rempli leurs poches de baies — aronias, cornouilles. Ils en ont encore plein les dents, bouts noirs, bouts rouge et grenat, ils rient. *C'était vraiment bien, et la tête de l'oiseau, bam, à plus de trente mètres, pas plus grosse qu'une cranberry.* Ils rient de nouveau, le monde clignote, rouge, noir et grenat. Et les élytres des grillons fouettent nos tympans. Maman calme les esprits, *Mes amours, ma vie,* elle a préparé de la soupe. De la soupe d'oignons.

La fenêtre reste ouverte sur la nuit. Le bruit des cuillers s'envole avec la fumée des assiettes. À la fin on traîne un peu sans rien dire, les coudes sur la table, on laisse le temps s'étirer.

Tout le monde s'est couché et la respiration de Maman, les petits ronflements de June, la jambe de Papa, celle qui dépasse de la couverture avec ses boucles rousses et sa puissance endormie, tout cela me donne soudain envie de rester : le monde a cessé de clignoter, il se repose, et cela aussi est étourdiment bon. J'hésite, n'arrive pas à me décider. Je vais compter jusqu'à dix. Si Papa se tourne vers la porte, je pars. S'il bascule vers le mur, je reste. À neuf, la masse de Papa s'ébroue, gros animal dans son nid. Elle s'abat du côté de l'entrée.

Je m'extirpe de ma couche, me faufile dehors. Les étoiles gomment la nuit. Après avoir récupéré mon équipement, je gagne l'entrée de la mine.

*

À l'intérieur, je craque une allumette. Les cristaux de sel paillettent les parois. Du creux de ma main je protège la flamme de la bougie. Les ombres projettent sur la pierre des gueules de loup et de coyote ; cette meute m'accompagne. Les bêtes vont me guider, je chuchote *S'il vous plaît* pour être sûre qu'elles ne me feront pas de mal. Mon souffle fait vaciller la flamme. Aussitôt les pelages se tordent sur les murs. Je presse le pas.

Bientôt j'arrive au dédale. Le mouvement extravagant des ombres me déconcentre. J'éteins la bougie. Plus rien n'existe que les gouttes d'eau qui tombent du plafond. Je ferme les yeux, me remémore le plan de la mine.

Numéro 46. Galerie 16.

Mon pouls bat au rythme des gouttes qui s'écrasent au sol. Je me mets en branle et recompose les lieux dans ma tête. Tout, dans mon corps, me dit *Tu es sur le bon chemin.* Mes talons reconnaissent les reliefs et les aplats parcourus quand le vieux m'en donnait l'ordre. Plus j'approche, plus j'ai envie de crier *Hé, je suis là, vieux schnock, je t'ai bien eu*, et ça ourdit des rires dans ma rate, ça cabriole. Mon cœur pompe le sang très vite, très fort, *Hé, je m'approche vieux grigou*, à moi les billes noir et jaune, à moi le voile gris.

Galerie 16.

Je cherche du bout du nez l'odeur de dynamite, celle de la mort frôlée. Seule la pierre exhale ses surfaces mouillées. Je tâte la muraille avec mes mains ; vacuoles, aspérités. Ici, quelqu'un a creusé. Avec ses doigts ou un bâton, peut-être une petite cuiller, ce qui est sûr, c'est qu'on a perforé la montagne de part en part.

À partir de maintenant, nul plan n'existe plus. Mon corps sera mon unique recours. À cette idée, la tête me tourne un peu. J'attends quelques minutes, me lance. D'abord debout, puis accroupie. Je m'immobilise. L'étranglement. Je tâte, cherche l'entrée, mais où que j'avance, ce n'est que pierre et humidité.

Un cul-de-sac.

Des nuages s'amoncellent, gonflés de malheur et de clous. Ils tonnent *Tu ne t'en sortiras pas.* Folle, folle que j'ai été d'avoir cru cette entreprise possible. Je me déteste ! Frappe le sol de mes pieds. Déteste la situation qui m'a conduite ici. Tape contre le mur. Déteste ce labyrinthe où croupissent tant d'invertébrés. Coup dans le vide. Je hurle ; un cri long, en pointe de flèche, qui s'élève contre moi-même, contre les règles de notre vie, contre mon père et ma mère, contre June et le vieux. Il pulvérise le charbon des cadavres, la nostalgie et le cœur qui dit sans cesse *J'y crois,* parce qu'en vérité tout est foutu d'avance, j'aurais dû m'en douter, mon Dieu que tout cela est triste, mon Dieu que les enfants sont bêtes, *Mon pauvre amour, mon pauvre cabri,* voilà ce qu'aurait dû me dire Maman, ce qu'elle ruminait en silence sous sa douceur amère, c'est tellement évident que c'en est stupide à pleurer. Je vais pleurer, pleurer jusqu'à inonder le labyrinthe et m'y noyer.

Un bruit. Un frôlement. Mon corps se crispe. Une main m'agrippe. On plaque une paume contre ma bouche. Que je me taise, oui, que je me taise ! Sinon il m'égorgera. *Oui, je t'égorgerai.* Au milieu de la boue, soudain des bombes de joie. Le vieux ! Il m'a entendue ! De soulagement je pourrais foncer dans le mur, y faire rebondir ma tête, que fusent des étincelles, mais tout, tout dans mon corps devient entièrement mou, désarticulé, et je m'affale par terre. Le vieux me secoue. *Debout !* Chaque fois qu'il essaie de me relever, je m'affaisse totalement. *Quelle imbécile, oui, quelle imbécile !* Il devrait me laisser crever. *Oui, crever ici.* Et il me traîne par le col vers la sortie.

En mon for intérieur je ne peux m'empêcher de rire.

*

Les dernières braises meurent dans le foyer. Quand il nous aperçoit — bille noir et jaune, voile gris —, l'aigle fait simplement pivoter sa tête. Les pulsations de mon cœur s'amplifient, gonflent le moindre de mes capillaires, de mes veines, de mes artères ; ma peau se tend, mes os se remettent en ordre. En un tournemain je me dégage de la poigne du vieux. Ce dernier siffle entre ses dents. *Quelle ingrate.* Je me rue vers le rapace. Au contact des plumes, tout se ranime. Le feu n'est plus mort, ses flammes dansent la ronde avec des grillons aux jarrets nerveux. La joie me tape sur le système et c'est trop bon. Je caresse la calotte de l'oiseau, sa nuque, son dos, j'oublie son espèce. Il n'y a plus d'oiseau ni de petite fille, juste la pulpe de mes doigts qui passe et repasse à la jonction des mandibules. Je suis ce morceau de chair qui aime, et j'aime cet état de viande remuée par l'amour, car c'est bien d'amour dont il s'agit quand le rapace pourrait d'un seul coup de bec me sectionner l'index et qu'il ne le fait pas.

Le feu est mort. J'ai usé ma peau de caresses. Cela a duré. Dans la pénombre, le vieux anhèle. Il s'affaire entre ses jambes. Je me bouche les oreilles, enfouis ma tête contre le flanc de l'aigle. Ses plumes sentent la noisette et l'argile sèche.

Terminées les secousses, finis les petits gémissements. Le vieux me donne un coup dans l'épaule. C'est l'heure. L'aigle frotte sa tête contre mon menton, ouvre ses ailes, envergure de titan. Je le regarde s'éloigner vers l'aube naissante. Le vieux me force à me lever puis se presse contre moi, remonte son nez le long de ma nuque, respire chaque millimètre de ma peau. J'essaie de me dégager, il résiste. C'est comme je veux, oui, comme je veux. Mais si je tiens à revenir, j'ai intérêt à me montrer plus gentille. L'idée de le tuer me traverse l'esprit. Il doit le sentir car il plante ses yeux dans les miens. Un quart de seconde le visage de Papa se superpose au sien, alors je baisse le regard. Il claque sa langue en signe de victoire.

Puis le bandeau, de nouveau. L'odeur de pisse et le nœud vigoureux. Nous cheminons sous la terre. Je me concentre, enregistre chacun de mes mouvements. Je dois pouvoir revenir seule. Ma soif n'est pas vaincue, mon cœur dit encore *J'y crois.* Gloria !

Quand le vieux dénoue le tissu, j'observe un silence, hésite. En surface j'ai l'air insouciant. Au fond, mes tibias claquent de peur, *M. Tremblay, est-ce que je pourrai revoir l'aigle s'il vous plaît ?* L'homme ne réagit pas tout de suite. Puis il s'approche, si près de moi que sa bouche pourrait aspirer mon nez, comme s'il voulait sucer l'intérieur de mon cerveau. Je me force à rester droite. Enfin, le vieux recule. Il me pousse en avant et se volatilise. Il m'a bien eue.

Dans la pénombre de la cabane, tout est calme. Le dos de Papa se soulève et s'abaisse régulièrement sous la couverture. C'est ainsi que je m'imagine celui des baleines. Maman m'a raconté. Parfois elle les voyait, au large, mener leur train paisible, masses tranquilles dans l'océan, leur corps énorme pourtant capable de briser la coque d'un bateau sous le seul coup de la joie ou de la colère. Je m'endors en songeant à ces monstres de chair.

*

Un bruit de vaisselle me réveille. Il fait jour, tout le monde est debout. Maman s'active autour du poêle, prépare les galettes, l'infusion. Dehors, June fend du bois. Papa est assis sur sa pierre et lubrifie le canon de son fusil. J'avale en vitesse mon petit-déjeuner, me débarbouille au-dessus de la cuvette, embrasse Maman. Sous ses yeux, deux petites poches grises. Lorsque je l'interroge du regard, elle détourne la tête.

Je pousse la porte. La matinée est encore fraîche mais le soleil rôtit la crête des conifères ; ses rayons lardent mon visage, je me love dans leur moelleux. Derrière, un cliquetis. Mon sang se fige ; Papa a chargé le fusil. Il s'avance, enfonce dans mon dos le bout du canon. Quand June sort de l'appentis, elle manque faire tomber le contenu de sa brouette.

La voix de Papa siffle entre ses incisives.

Où étais-je cette nuit ?

Mon corps tout entier s'électrise, je bredouille. Papa enfonce plus fort le canon qui atteint ma colonne vertébrale. Il hausse le ton.

Où étais-je cette nuit ?

Dans ma tête les idées se morcellent. La panique me gagne. Il faut que je trouve quelque chose. Tout sauf ce foutu silence.

Des collets. *Je suis allée poser des collets.*

C'est sorti comme ça.

Papa marque une pause. Je devine qu'il se gratte la barbe.

La salive abonde dans ma bouche, si ça continue je vais vomir. Papa pousse le canon si fort que je pourrais tomber en avant. Puis il l'abaisse d'un coup sec. Je ne bouge pas d'un pouce. Je sais qu'il n'en a pas fini.

Il approche.

Ça fait une paye qu'on n'a pas mangé de civet, on n'a qu'à aller les lever, ces collets.

Il s'arrête, attend.

Je ne cille pas. Hors de question d'avouer ; personne n'aura mon secret. C'est mon pépin d'or enrobé de lumière.

Papa insiste.

Alors ?

Cabocharde, je couds mes lèvres.

Papa me contourne, prend son temps. Ses pas dessinent des cercles concentriques dans l'herbe. Je ferme les yeux.

Et c'est le coup. Violent. Vicelard. Papa a visé l'occiput. Je tombe à genoux. Il n'y a plus ni couleur ni matin, tout devient flou et dérisoire, même la silhouette de Papa s'évanouit dans la masse trouble de la forêt.

Loin, très loin, je perçois Maman qui accourt, je la regarde se jeter à mes pieds. Sa voix est minuscule, cotonneuse. Est-ce que je l'entends, mon Dieu, est-ce que je l'entends ? Elle appelle *June ! June !* mais son cri est si fragile, personne ne risque de distinguer quoi que ce soit, pauvre Mummy. Elle frôle mon visage, *Mon amour, mon cabri,* ses mots se mélangent aux herbes, à la lumière pastel, et ses baisers sur mes yeux déposent de la poudre, des feuilles de verveine, *Gem', mon tout-petit.* Je tends le cou, me laisse chanceler dans cette clarté indécise, loin, très loin, et la voix de Maman, presque dorée, auréole mon visage.

*

Quand j'ouvre les yeux, j'ai le sentiment d'avoir dormi pendant des jours. Ma tête cogne. Je suis dans l'herbe, Maman me tient dans ses bras. Elle se balance d'avant en arrière, ressasse une série de mots que je ne comprends pas. Serait-elle devenue folle ? Ou bien est-ce moi ? Je me tourne vers June. Elle est pétrifiée, un pli profond lui barre le front. Je comprends que quelque chose de grave s'est produit.

Une ombre flotte dans mon esprit, elle a la forme d'une baleine. Je voudrais demander, remue mes lèvres. Aucun son n'en sort. Lorsque Maman s'en aperçoit, elle m'étourdit de questions. Ai-je envie de vomir ? De tomber ? Et bouger, j'arrive à bouger ? Je remue de nouveau mes lèvres. Toujours aucun son. Maman se décompose, paupières, joues, menton, tout s'affaisse pour laisser apparaître, dans sa nudité, le visage de l'effroi. June lui saisit les épaules, la secoue.

Elle ne réagit pas.

Ma sœur s'affole, ses yeux passent de Maman à moi. Qui choisir ? Je la vois serrer ses maxillaires — pas pleurer, non, pas pleurer.

Dans un ultime effort, j'arrive à bredouiller *Occupe-toi de Maman.*

June hésite quelques secondes, attrape Maman sous les bras, la transporte dans la cabane. Ses pieds traînent dans l'herbe, une enfant, une morte.

June revient, me tire de la même manière. Je voudrais l'aider mais tout coule — même enfant, même morte. Tout pareil.

À l'intérieur, Maman fixe un point dans le vide, sa bouche à moitié ouverte. June tamponne l'arrière de mon crâne avec un peu d'alcool, en écartant mes cheveux. *Ça va aller, ça va aller.* Je voudrais croire ce qu'elle dit mais le regard de Maman annule l'aube et le jour, engloutit la moindre parcelle de lumière.

June a l'air si triste. Je balbutie. *Que s'est-il passé ?* Elle ne me répond pas. Puis la silhouette de la baleine se précise. Elle a un dos de flanelle, celle des chemises de Papa.

Je me souviens.

Durant de longues heures, Papa ne donne aucun signe de vie. Je finis par me demander s'il va revenir. June lâche *Faudrait pas trop rêver.* Je n'aime pas qu'elle dise cela.

Je m'approche de la fenêtre et contemple les arbres de la forêt. Ils poussent, tantôt au vent, à la chaleur, au froid ; selon, les voilà qui plient, se rétractent, parfois ploient. Toujours leur écorce veille, et chaque fois ce muscle patient les redresse. Rien ne leur est plus étranger que la colère. Les arbres se contentent de pousser. Je veux être comme eux.

C'était un accident.

*

Papa finit par émerger à grand bruit des taillis, la dépouille d'un cerf sur le dos. Il la porte en travers de sa nuque, les pattes de chaque côté du cou. La ramure dépasse au-dessus de sa tête — de larges ramées, parfaitement symétriques, déployées de part et d'autre comme si une forêt poussait sur son crâne. Je me réfugie au creux de ce rêve : mon père est un dieu, il vient nous chercher. Très vite, la réalité me rattrape. Papa laisse choir la carcasse devant la cabane. Bruit mat. Je sursaute. June aussi. Maman ne réagit pas. La langue de l'ongulé pend hors de sa gueule. June vient se coller à moi contre la vitre. Nous attendons, le souffle court. Papa va dire les mots. Comme il nous a appris.

J'honore ta présence
J'honore ton flair
J'honore ton sang

Mais rien. Papa décapite l'animal sans desserrer les dents, à grands coups de couteau, puis brandit son trophée. Il s'essuie le visage ; du sang mâchure son front. Maman ne bouge toujours pas. Ses mains pendent dans le vide.

Papa installe la tête sur un billot. Il entre dans la cabane en tirant le reste du corps. Pour l'anniversaire de June. Aucune de nous ne moufte.

Papa s'avance vers Maman, l'empaume violemment. Qu'elle découpe la viande et la sale. Maman ne bronche pas. Il la gifle.

À partir de ce jour, je ne saurais précisément dire ce qu'il se passe. La tête du cerf reste posée sur le billot. Un sirop dégoûtant s'en échappe. Les mouches pullulent à l'endroit où luisaient auparavant les yeux. Maman s'est totalement murée dans son silence. Elle passe son temps à fixer le même point invisible. Parfois son corps est traversé de spasmes. Alors elle se lève d'un bond et se précipite au-dessus des casseroles. Ses mains débitent les morceaux de viande avec nervosité, d'abord en quartiers grossiers qu'elle jette dans la marinade, pour les en ressortir, les découper en morceaux plus petits, les jeter à nouveau dans la marinade, au point qu'il n'en reste au bout de quelques repas qu'une charpie dans du jus sombre. Ses mains fripées d'avoir trempé trop longtemps, elle rejoint la banquette et s'éteint à nouveau.

D'autres fois elle sombre dans des folies de couture, les yeux perclus de fatigue, vissés au satin. Les fleurs prolifèrent le long de la robe, remontent en tentacules toujours plus noirs, toujours plus épais, jusqu'à déverser leur gueule aux ourlets, et je me doute bien que de telles végétations ne poussent pas au bord de la mer, que ce sont les cauchemars de Maman qui animent, voraces, le tissu. À la voir se piquer les doigts, recommencer, le visage happé par ses hallucinations, je n'y tiens plus et lui touche l'épaule, *Mum, Mummy*… Elle ne me remarque pas, continue de se tuer à la tâche. Chaque fois, sa présence s'effiloche un peu plus vers ce point invisible.

June a du mal à le supporter, fait les cent pas, sort, s'assoit par terre, la tête entre ses genoux. Il lui arrive de prendre la direction de la mine. De disparaître une heure ou deux. J'imagine qu'elle s'enferme dans la Ford.

Plus rien n'a de logique.

Papa, lui, ne nous prête aucune attention. Il vidange le lance-flammes, récure les tuyaux. À se demander s'il se souvient de l'épisode. Quand il lève les yeux de son travail, le tranchant de ses iris me dit pourtant *N'y pense même pas.*

*

L'anniversaire de June finit par arriver, fruit trop mûr au bout de la branche. La chaleur étouffe la cabane. Chacun retarde l'heure de se retrouver. Je m'acharne sur une lame au risque de l'écornifler. Seul Papa manifeste quelque signe d'entrain. Il farfouille dans le coffre, en extirpe une bouteille. Le verre tinte. De l'eau-de-vie. Celle qu'on utilise pour se désinfecter. Maman réprime un mouvement de dégoût, fait mine de vérifier un ultime détail sur la robe.

Bientôt la Dent de Fer crève l'abcès du soir. Des rouges sanguins se répandent à travers les arbres. Il ne manque plus que June. Elle n'en finit pas de couper du bois. Le fracas de la hache porte sur les nerfs. Papa s'impatiente, l'appelle. Une fois, deux fois. L'air semble bouffi de colère. June finit par répondre. C'est bon, elle arrive.

Quand elle passe devant le trophée, June récite les paroles.

J'honore ta présence
J'honore ton flair
J'honore ton sang

Puis elle laisse claquer la porte dans son dos.

Papa se jette en arrière sur sa chaise. *Bravo ! Vraiment, bravo !* Et il applaudit avant d'avaler un verre cul sec. Tout — son sourire, ses applaudissements — sonne faux. Nous nous installons dans cette atmosphère irrespirable.

Papa porte un toast. Habituellement je bois ses paroles, cette fois les mots glissent sur moi ; *famille, équipe, Sanctuaire,* de l'eau sur des plumes. Il s'enfile une rasade entre chaque phrase. À la fin, sa main écrase un rot. Telle une automate, Maman va chercher la robe, la dépose devant June. Qui paraît embarrassée. D'un geste, Maman l'encourage. June finit par déplier le tissu, étale l'étoffe sur la table. Une fresque crépusculaire. Du bout de son index elle effleure le satin. Ses doigts longent les tiges, les pédoncules, s'appesantissent aux pistils ; le tissu crisse. Bientôt elle caresse les pétales comme on flatte l'encolure d'un animal.

Papa s'agace, décoche un coup de pied dans sa chaise. *Qu'est-ce qu'elle fout, putain ?* Il saisit la robe, la lui jette au visage. Le satin coule. June reste de marbre, fixe froidement Papa. Puis ramasse la robe pour passer derrière le paravent. Frôlement du tissu contre sa peau.

Enfin elle apparaît.

Je retiens mon souffle ; impossible de dire si la robe tombe sur son corps ou si elle le colonise, l'asphyxiant de tiges qui deviennent serpents, serpents qui se muent en hydres, hydres dont la bouche s'ouvre en corolles affamées à l'endroit du cœur. June fait un pas. La nuit progresse avec elle.

Papa affiche une moue condescendante.

Ouais, pas mal.

Et ricane. Un son étouffe bientôt ses railleries, qui emplit tout l'espace, le recouvre de givre et de froid, le son que font en tombant les larmes de Maman, précises et régulières, comme des billes de plomb sur la table.

June s'est immobilisée, la robe en guise d'armure. Maman se dissout dans ses pleurs pendant que Papa l'observe en se servant un nouveau verre. Avant de cogner du poing sur la table.

Bon sang, c'est pas un peu fini ce cinéma ! Maman essuie précipitamment ses yeux, se lève et sert tout le monde. Le rata se répand en tache noire dans les assiettes. Papa le touille du bout de son couteau, contient une moue écœurée pour finalement éclater de rire. *Quelle horreur, mais quelle horreur !*

Il se tord.

Qu'est-ce que c'est que ça ? Une louchée de gadoue ? Un tas de merde ?

Le silence englue la pièce. Papa repousse son assiette. Derrière son détachement affleure de la sauvagerie. Il se lance. De toute manière, quelle drôle de manie que de fêter les anniversaires ; il ne comprend pas. Il n'y a pas grand-chose de plus dégueulasse que le temps qui passe. Puis, adressant un signe du menton à Maman : *N'est-ce pas Alexandra ?* Elle ne répond pas. Elle peut faire la sourde oreille, il n'a pas besoin d'elle pour se rappeler. Il la revoit dans leur maison au bord de la mer, comme elle chérissait ces petites bougies qu'on plantait sur les gâteaux, ces couches et ces couches de chantilly qu'on empilait, ces kilos de sucre qu'on versait pour masquer la misère des années supplémentaires, pour oublier cette chose impossible à admettre : qu'on est assez cons pour célébrer, chaque année qui passe, la fin qui approche.

Elle refuse de voir cela : Caporal-Fête, toujours au garde-à-vous ! Admirez ce petit soldat qui brandit son bolduc, emballée la réalité ! Vous reprendrez bien un peu de nostalgie avec votre gâteau ? Papa donne un coup de pied dans l'armoire.

Elle ne voit donc pas qu'on n'en peut plus de ses souvenirs ! Qu'on en crève de l'entendre ressasser le bruit des œufs cassés sur le comptoir et celui des percolateurs, qu'on finira asphyxiés sous le bon vieux temps.

Papa relève violemment le menton de Maman, *C'est fini Alexandra, tu comprends ? Fini !*

Elle s'accroche aux rebords de la table.

Papa se remet à arpenter la pièce, décroche au fur et à mesure les couronnes que nous avions confectionnées pour Noël et les balance par la fenêtre, toutes, une à une. Puis remet de l'ordre dans ses cheveux.

Qu'on le comprenne bien : il aurait préféré que tout se passe autrement mais le ver est dans le fruit. Y est-il pour quelque chose ? La mort rôde en permanence. Ici, là. Papa s'arrête devant moi, promène son doigt le long de ma joue. Chaque jour des milliards de cellules y passent. En ce moment même, de tout petits bouts d'ongles, de peau, de cheveux. Papa caresse ma tête. C'est pas joli joli mais c'est comme ça. Personne n'y échappe. Pas même ses propres filles. Il avait pourtant espéré, mais il voit bien que chaque jour le mal progresse, qu'il a pénétré le Sanctuaire. Faut s'y faire. Nous aussi nous sommes pourries jusqu'à l'os.

Papa crache à mes pieds.

Nous ne valons pas mieux. Pas mieux que les ténias qui gangrenaient les villes. On en a soupé, du nombril de ce petit monde.

Papa relève son chandail, tripote son ventre, c'est obscène.

Mon nombril, mon nombril ! À moi les petits privilèges, le sourire du patron, regardez comme je bande ! Vous voulez la voir, ma grosse queue ? Je pourrais vous assommer avec !

Maman a disjoncté : elle garde les yeux écarquillés.

Papa s'approche d'elle, descend sa braguette. Comme elle détourne son visage, il lui adresse son sourire le plus méprisant.

Elle peut se raconter toutes les histoires qu'elle veut, la petite chatte, pleurer la beauté des périphériques les soirs de juin, le monde sera toujours un putain de merdier, comme il n'a jamais cessé de l'être. Les oiseaux n'ont fait qu'achever le mourant.

Papa fait mine de sortir son sexe et clame *Moi, j'éjacule sur le cadavre.*

Maman ouvre la bouche pour la première fois depuis des jours. Elle hurle à Papa d'arrêter.

Enfin je ne suis pas sûre, j'ai bouché mes oreilles.

Papa balance la bouteille par terre. Elle explose. Puis il sort en marchant sur les tessons qui font un bruit de neige. Je suis glacée. June se maintient droite dans sa robe, monumentalement figée. Le choc en revanche a libéré la voix de Maman, qui s'infiltre partout dans la pièce, lumière blanche, lumière creuse, elle court entre les morceaux de verre, les mots s'éparpillent, coquilles vides, car elle prononce des phrases sans queue ni tête, des cabris qui volent, des amours à cloche-pied.

J'ai envie de mourir.

June m'aide à la porter sur son lit. Les phrases continuent de virevolter quand on la couche. Dehors Papa trébuche, on entend des injures. Je comprends qu'il fouille dans l'appentis, donne un coup de pied dans une tôle. Puis le grondement du lance-flammes ballonne la nuit. La peur me transit. S'il mettait le feu à la cabane ? Rapide coup d'œil par la fenêtre : Papa se contente de carboniser les couronnes de Noël. Il suit avec une passion enragée les escarbilles qui s'échappent haut, très haut dans le noir, papillons un instant rouges, puis jaunes, puis morts. Quand tout n'est plus que cendres, il s'assied sur sa pierre devant la maison, pose une main sur son lance-flammes : c'est sa bête, sagement agenouillée à ses pieds. Bientôt je n'entends plus que le chant obsessionnel des grillons. Il me semble percevoir des pleurs. Ou peut-être est-ce l'écho assourdi du torrent, je n'ai plus la force de me poser la question. Une immense sensation de fatigue me tombe dessus, grosse comme le corps d'une baleine, et je m'y abandonne, goodnight June, goodnight Mummy, même si je sais qu'il faudrait lutter, qu'il faudrait rester là pour elles.

Ce soir c'est le sommeil qui gagne le combat.

*

Des ronflements me parviennent de l'extérieur. Ceux d'un mammifère, roulé en boule dans ses poils ? Et puis je comprends que Papa dort dehors, affalé sur sa pierre. C'est lui qui fait ces drôles de bruits. Malgré tout ce que nous venons de vivre, j'ai envie de rire. Du bout du pied je tapote la couverture de June, elle ne doit pas manquer ça. *June, June !* Pas de réponse. Je me redresse. La laine s'avachit dans le vide.

D'un bond me voilà debout.

Depuis sa paillasse, Maman me regarde. Sûrement me regarde-t-elle depuis un moment. Ses yeux diffusent un je-ne-sais-quoi d'honnête et de droit. Elle ne dit rien. Je me rue vers elle. Ce n'est pas vrai ! Elle n'a pas pu laisser faire ça ! Je la martèle de petits coups de poing. Qu'elle me dise que ce n'est pas vrai ! L'envie de la cogner plus fort me brûle les mains. Mais je m'effondre dans ses bras.

Les doigts de Maman sur mon front, mes yeux, légers. Ses mots aussi, délicats, *Mon amour, mon cabri*, qui ne s'entortillent plus dans les airs, qui ont retrouvé leur ordre, leur souplesse, *Mon amour, mon cabri.* Maman ne dit rien d'autre, cela suffit. Elle s'adresse à moi et bien au-delà, ses mots traversent le matin et la forêt, ils courent le long des sentes et des ravines, par-delà le torrent, pour atteindre June qui fuit, les pieds constellés de boue et de rosée.

Alors je m'abandonne, alors je me livre aux doigts de Maman. Sa voix se confond au satin contre la peau de June. Le jour crisse contre la nuit et ça tangue et ça chavire, soleil, nuit, soleil, nuit. Soudain, dans cet éblouissement, je vois.

Je vois June se faufiler dans la pénombre, parée des fleurs de l'océan. Je la vois dépasser le corps de Papa, baleine échouée à l'estran. Je la vois dépasser la Ford, peut-être même lui dire au revoir. Je la vois dévaler la pente jusqu'à la Ravine aux Mûres, écraser sûrement quelques fruits contre le tissu qui l'enveloppe. Je la vois franchir la limite, sans un regard derrière elle, sans se soucier de la Dent de Fer qui la tance de son sommet réprobateur. June n'en a cure, elle pourrait la renverser d'un revers de robe tant l'ourlet de celle-ci est lourd des vagues de l'océan.

Tandis que June progresse, les lianes grimpent le long de sa taille, la guident vers la mer. Maman les a cousues pour cela, je le comprends maintenant ; elle les a brodées comme on trace une carte. Les fleurs exhortent June. Elles lui mur-

murent ce que jamais Thétis n'aurait osé, *Va mon amour, cours mon cabri.*

Je relève mon visage vers celui de Maman ; ses yeux gris ont la couleur d'un oiseau endormi. Ils disent *Va, toi aussi, tant qu'il en est encore temps.* Mes larmes font tout vaciller dans la clarté du matin. L'univers entier se fragmente en points de lumière. Je découvre enfin ce que Maman voulait dire à propos des toiles de Monet : *ce trouble irrésolu, nacré, qui laisse penser qu'un autre monde est possible.*

Oui, Mummy, un autre monde est possible : il brasille — bille noir et jaune, voile gris — dans les yeux d'un oiseau.

Les battements de mon cœur. Tout s'éclaire, comme lorsqu'on se réveille d'un cauchemar : *Maman, viens avec moi !* Je la supplie. Une fraction de seconde ses poumons se soulèvent. Las, Papa est pris d'une quinte de toux. Le corps de Maman se raidit.

J'entends Papa vomir. Il faut faire vite. Sous aucun prétexte il ne doit s'imaginer qu'on a laissé filer June.

*

Chacune s'allonge dans son lit. Je tourne mon visage contre le mur, la couverture à moitié relevée sur ma tête.

Papa titube. Le sol vibre. *Baoum.* La porte grince. *Baoum.*

Une longue déglutition, puis un râle de satisfaction. Il boit à même la cruche. Ôte un chat de sa gorge, *Allez, debout là-dedans !*

Ni Maman ni moi ne bougeons.

De nouveau, *baoum.*

Je sens la masse de Papa juste au-dessus de moi. Ses mains me secouent, *Du nerf !* J'émets un grognement.

Papa arrache ma couverture. Je me frotte les yeux. Il se dirige vers la couche de June, tâte la courtepointe du bout de ses doigts. Son visage se désagrège.

Où est June ?

Maman se redresse sans dire un mot. Papa insiste. Ses yeux passent d'elle à moi, à la recherche d'une réponse qu'aucune de nous ne peut lui fournir. C'est là, dans l'étendue de ce silence, que les traits de Papa se distordent, triangles de stupeur, de colère, d'effroi. Il est planté au milieu de la pièce. On pourrait croire à une statue. Mais un mouvement infime dilate ses narines. Qui s'amplifie, rappelant le mufle des bêtes lorsque chaque parcelle de leur corps — mâchoire, tendons, articulations, estomac — se contracte afin de propulser la masse des muscles à travers l'espace, et c'est bien une charge qui se prépare car Papa inspire une dernière fois et se rue. Ses épaules fendent la pièce, emportent tout jusqu'à une planche de la porte qui manque se déboîter et, debout devant la maison, Papa beugle à la face des montagnes qu'il va la retrouver, et qu'à l'instant où sa main s'abattra sur son col, elle n'aura qu'une poignée de secondes pour demander pardon. Il s'élance dans l'appentis et en ressort le fusil sanglé en travers du dos. Il s'engouffre dans la pente sans un regard pour nous. Sa colère nous a effacées.

La tension a boucané l'herbe, nos peaux et même les meubles. Depuis le seuil, j'oscille avec le vent, totalement abasourdie. Je pourrais rester des heures à sentir cette odeur de roussi et tâter le néant. Mais un cri lacère le ciel. Derrière moi, Maman frémit. Nous formons un îlot de crainte. Papa aurait-il déjà rattrapé June ? Impossible. Pas maintenant, pas si vite.

À nouveau le cri. Je lève les yeux. L'aigle dessine des cercles désordonnés dans le ciel.

Maman a-t-elle vu ? Elle s'avance dans mon dos, enlace mes épaules. Seule sa voix.

Mon amour, mon cabri.

Ces mots, encore.

Mon amour, mon cabri.

Leur réconfort blanc et tendre, au milieu du chaos.

Je voudrais me retourner, la serrer comme on s'agrippe, m'arrimer à elle, ma colonne, mon temple. Mais elle approche sa bouche de mon oreille et elle répète *Va, va et ne reviens pas.*

*

Je cours jusqu'à la mine, à en perdre haleine et raison. Je suis vide, dévastée. Ton amour, Mummy, est bien trop grand, et mes larmes trop petites.

Le vieux est là, debout devant l'entrée. Il tire nerveusement sur sa barbe, je me demande ce que je fais là. Ses questions s'entrechoquent. Que s'est-il passé, pourquoi l'aigle est-il dans cet état, est-ce que je peux le lui expliquer ? Une impatience d'enfant, impérieuse, revêche. J'écarte les mains dans un geste d'impuissance. Une hypothèse germe alors dans mon esprit, à laquelle je n'ose croire. Le vieux a détecté ce temps d'arrêt, plisse les yeux. Je me lance. Récit rapide, bâclé : mon retour, le coup derrière la tête, l'anniversaire de June, sa fugue. Le vieux opine du chef. *C'est ça, oui, c'est ça.* Je reste incrédule. Tout semble si extravagant. Pourtant, le vol de l'aigle est bel et bien aussi incohérent que mes pensées.

Aussitôt le vieux appelle le rapace. Qui entame sa descente, se pose sur son bras. Les pupilles de l'aigle clignent anormalement vite. Elles ne me quittent pas. Le vieux explose. Il faut promettre, oui, promettre. J'écarquille les yeux. Je dois rester. L'aigle en mourrait si je partais. Je ne crois pas ce que j'entends. Mais le regard de l'aigle ne ment pas.

Alors je caresse les plumes, *Là, je suis là,* je ne cesse de parler, *Là, je suis là,* et ses yeux, billes noir et jaune, voile gris, battent plus posément, *C'est fini, je suis là.* Quand tout est redevenu calme, l'oiseleur fait basculer le rapace sur mon bras, se détourne en graillonnant.

Puis il se met à remuer un tas de poussière du bout de son pied. Je regarde l'aigle, puis le vieux. L'idée qu'ils puissent devenir les miens me paraît folle, presque hilarante : un fantôme et un oiseau… Un rire me prend, d'autant plus incontrôlable qu'il est gonflé de toutes les tensions de la veille. Il secoue l'aigle dans tous les sens. Le vieux arrête soudain de remuer la poussière, il a l'air fâché.

Paf !

Je n'ai pas senti venir le coup.

Immédiatement je dessaoule. N'était l'aigle, je riposterais. À défaut, je décoche mon regard le plus noir. Le vieux recule tel un enfant, *Méchante ! Méchante !*

Le voilà maintenant qui boude. Une brise soulève sa barbe, qui suffit à le distraire. Il nous oublie. Je caresse l'aigle. Le rapace émet des bruits de gorge qui finissent par attirer l'attention de l'oiseleur. Il fronce les sourcils. *C'est hors de question, non, hors de question.* L'aigle ne s'arrête pas pour autant. Le vieux dissimule mal sa mine contrariée. Je le presse de s'expliquer. Puisque l'aigle insiste, il va me le dire : l'oiseau peut retrouver June, oui, il peut la retrouver. Je réprime un élan d'espoir. Le vieux n'a pas le droit ! Pas le droit de s'amuser avec ça ! Je crie. Il me saisit par le cou, au point de me faire décoller du sol. Personne ne s'amuse ici, non, personne ! Si je ne suis pas capable de croire l'aigle, je ne mérite pas de rester.

Dans ma tête tout se bouscule, le satin, la barbe du vieux, les plumes de l'aigle, mes tempes cognent. Je me dégage et hurle *Oui !* pour que tout s'arrête, *Oui !* même si cela n'a aucun sens. De toute façon, plus rien n'a de sens. Le vieux me fixe, s'approche de l'aigle et lui murmure quelque chose que je ne comprends pas. Le cri de l'oiseleur claque, les ailes de l'aigle aussi. Le visage fouetté par le vent, je contemple la bête immense s'élever dans le ciel. Toute mon espérance s'envole avec elle et je m'effondre sur les fesses, petite, toute petite, pas plus grosse qu'une noix, plus minuscule encore que le rapace qui disparaît au loin ; un pou, un point, plus rien.

Le vieux m'attrape par le col. *On y va.* Déjà il me traîne vers l'intérieur de la mine, je dévore du regard les arbres, les touffes d'herbe, la Ford mangée par les liserons, je dévore tout ce qui, de ce côté-ci de la montagne, peut encore être mordu avec les yeux. Puis c'est le noir et le bruit caverneux de nos pas ; il me semble que je pénètre mes propres ténèbres.

*

Quelques braises rougeoient encore dans le foyer. La grotte sent la fumée. Le vieux s'active, va chercher du bois, éperonne le feu d'un coup de pied, jette des brindilles, une bûche, agit comme si je n'étais pas là. Je m'agenouille dans un coin. Il fait froid et j'ai la chair de poule. Je m'en moque, mon esprit plane loin de cet endroit sordide, il accompagne l'aigle au-dessus de la forêt, parcourt avec lui ses vastes étendues. Parfois une tache bleue troue le vert, et je me prends à croire que ce pourrait être June. Naïve, il ne s'agit que d'une retenue d'eau. Je continue, à la recherche de buissons qui permettraient d'apercevoir, entre deux frémissements, les épaules carrées de Papa. En vain, ni la flanelle de sa chemise ni le satin de June ne se laissent capturer par mes songes.

Il fait froid et je reste seule au milieu des odeurs de feu. Le vieux est sorti, une gamelle pleine dans les mains. J'entends des criaillements. Il revient, l'écuelle vide, la remplit de nouveau avant de la poser devant moi. Je n'y touche pas, ça l'exaspère. On ne meurt pas d'inquiétude, non, mais de faim, oui. De mauvaise grâce, j'avale sa bouillie.

Observant le jeu des lumières, je comprends que la journée touche à sa fin. L'obscurité gagne la grotte, et la nervosité le vieux. Il s'administre de petites taloches du plat de la main. Puis se tape un peu plus fort. Finit par donner un coup de tête contre la paroi. Du sang coule le long de son front, de son nez, qu'il essuie d'un revers d'épaule. Il semble calmé. Je devrais profiter de cette trêve pour me faire oublier mais une envie d'uriner me prend ; je me tortille. Le vieux ricane, farfouille dans un coin. Revient avec une poignée de paille à la main. *Pour t'essuyer*, qu'il dit. Tout me dégoûte. Je m'éclipse sans prendre la paille.

À mon retour, il désigne une encoignure à l'opposé de sa couche. C'est là que je dormirai. Le grabat est dur, inconfortable. Peu probable que je m'endorme. Le vieux aussi peine à trouver le sommeil, il se tourne et se retourne sur sa paillasse. Je l'entends se donner des petits coups secs. L'épuisement aidant, je m'assoupis par intermittence, fais des cauchemars. L'humidité rend le froid de la nuit perçant. Je me recroqueville. Pelotonnée en chien de fusil, la vie qui se profile m'apparaît dans toute sa misère : maigrelette, sale, amputée de ceux que j'aime.

Je me faufile hors de ma couche avant le lever du jour. En m'apercevant, les vautours s'agitent. Le duvet de leur col forme une écharpe argentée qui s'accroche aux brumailles de l'aube. Grise, comme le regard de Maman. Ses mots, *Mon amour, mon cabri*, affleurent dans la pâleur du ciel. Comment ai-je pu l'abandonner ? J'y vois soudain clair. Je ne dormirai pas une nuit de plus ici. J'attendrai le retour de l'aigle. Jusqu'au crépuscule s'il le faut. Et s'il ne revient pas, je rejoindrai la cabane. À défaut de me réchauffer, cette perspective me donne le courage de retourner dans la grotte. Du côté de l'entrejambe du vieux, des *flop flop* dégoûtants.

Sans la présence de l'aigle, l'antre révèle l'étendue de sa décrépitude : les moisissures aux murs, l'odeur omniprésente d'urine et ce vide monumental que trahit la lubricité du vieux.

Il a fini ses affaires, se lève et part nourrir les volatiles. Des cris giclent dans tous les sens. Je reste à l'intérieur. L'ennui, l'attente et l'inutilité m'éreintent. Je n'ai pas l'habitude. Quand l'homme réapparaît, j'ai l'impression que de très longues heures se sont écoulées. Un coup d'œil dehors dément cette impression. À vue de nez, il ne doit pas même être dix heures. Le vieux a rapporté des herbes. Il prépare une soupe, arrache une tique accrochée à son mollet, la jette dans ma direction.

Enfin, un cri.

Je me rue dehors. Épais, les nuages forment une masse compacte qui bouche la vue. Le cri se répète. À son tour l'oiseleur sort, les mains en porte-voix. Un dialogue s'engage, inarticulé. Désemparée, j'assiste à cette conversation dans une langue que je ne comprends pas. Tout ce temps, l'aigle demeure invisible. Le vieux finit par poser sa main sur mon épaule, plein de commisération. *Parle bon Dieu, dis-moi !* J'ai jeté ces mots en coup de trique. Le vieux se rétracte, lèvres pincées. Je m'approche de lui, tout près, trop, et de ma voix la plus douce je lui pose à nouveau la question. Il déglutit avec peine. Son entrejambe frémit. Et dans un souffle le vieux lâche ce que je préférerais ne pas entendre. June n'est pas morte. En tout cas, pas encore.

L'aigle perce les nuages et pique dans notre direction. Je n'attends même pas qu'il atterrisse, déjà je cours au creux de la mine.

Le premier couloir, l'étranglement, les galeries, d'abord à genoux, ensuite debout, et au loin l'entrée qui dessine un rond de lumière : j'ai traversé la montagne sans réfléchir, sans me rendre compte que mon corps connaissait le chemin par cœur, mon esprit entièrement ramassé à l'intérieur de moi, dans les replis les plus denses de l'horreur.

Je cours sans prendre garde aux arbres, ni à la Ford, pas plus qu'aux liserons, les yeux braqués au-delà de la pente, attendant d'apercevoir le toit de la cabane.

Enfin les tôles, enfin la cheminée.

Maman. Debout sur le seuil, dans sa jupe violette, comme je me l'étais imaginée. De loin je ne distingue pas bien, il me semble qu'elle cache son visage dans ses mains. Vite, monter, encore quelques mètres. Bientôt je serai au sommet du parapet. Mais avant d'y parvenir j'entends Maman pousser un hurlement de détresse, je la vois courir en direction de la forêt, la perds de vue. Vite. Me voilà en haut. J'ai beau plisser les yeux, je ne perçois rien en dehors de la masse des arbres et de la course folle de Maman. Jusqu'à ce que, petit à petit, se dessine une tache marron et bleu qui progresse péniblement à travers les nœuds de la forêt. Maman trébuche, se relève. Je comprends, sidérée, que là-bas, émergeant des pins, Papa porte la silhouette inanimée de June.

Je glapis.

Maman stoppe net sa course, se retourne. Ses yeux me grondent et me supplient tout à la fois.

Pourquoi tu es revenue !

Papa s'avance, imperturbable, ses pas font trembler la terre, *bom*, c'est le géant de nos histoires d'enfant, *bom*, l'ogre, *bom bom*, le mangeur de petites filles. Il dépasse Maman sans même la regarder, est maintenant à une distance suffisante pour que je voie mieux. Les membres de June pendent, inanimés, presque livides. Maman s'accroche à eux, sa bouche dépose sur les mains de June des baisers insensés. Papa se dégage, avance vers la cabane sans nous prêter attention.

Il entre, dépose le corps de June sur sa couche. Je me précipite à son chevet, plaque mon oreille contre sa poitrine. L'aigle a dit vrai, le cœur bat encore. Retirant mes mains, je constate qu'elles poissent, couvertes de sang. *June est blessée.* Je répète plus fort. *June est blessée !* Maman ne sait pas où donner de la tête, se tourne vers Papa, l'implore. Aucune réaction. Elle se jette contre lui.

Que s'est-il passé ?

Papa la repousse du plat de la main, l'œil mauvais.

Ce qui devait se passer. June a rencontré ses congénères.

C'est tout. Et il sort de la cabane.

Maman le regarde s'éloigner, abasourdie. Ses gestes sont désordonnés, je comprends qu'elle panique. Elle fond sur le corps de June, déchire sa robe ; sectionnées les fleurs, mutilés les pistils. Une entaille profonde taillade le flanc de June. Maman bredouille. L'alcool. Papa a tout bu, comment va-t-on désinfecter ? Ses pensées se heurtent dans sa tête, je peux les entendre : la peur disloque tout. Chaque minute compte. Les germes ne doivent pas s'installer. Je pose une casserole sur le feu, attends que l'eau bouille, y trempe un linge propre, le tends à Maman. Qui ôte les bouts de terre, de feuilles, de sang séché, méticuleusement, rageusement. Ensuite compresse la chair pour arrêter l'hémorragie et stabilise le bandage.

L'action lui redonne des forces. Elle me demande d'aller chercher dans la bibliothèque *L'Encyclopédie*, celle des plantes médicinales. Des antiseptiques, *Il faut des antiseptiques.* Dans la précipitation, je fais tomber la moitié de l'étagère, fouille dans le tas, enfin trouve l'ouvrage, le compulse. *Des saponaires !* Elles contiennent un savon naturel. Je sais où en trouver. En amont du ruisseau. J'en ai pour moins d'une heure. Maman acquiesce, me supplie de faire attention. Pas de tendresse, pas d'affection, juste l'ordre impérieux qu'il ne m'arrive rien.

*

Quand je reviens, Maman se tient à l'extrémité du jardin. Elle contemple quelque chose au fond des vallées. Un nuage noir qui monte, rapide. Ce mauvais temps ricoche contre les versants des montagnes, s'étire, progresse à la vitesse d'un puma. Jamais je n'ai vu ça. Le vent se lève, agite les pans du gilet de Maman. Elle ne les rabat pas, fascinée par ce monstre qui se dirige sur nous, énorme et surnaturel.

Je ne sais pas ce que fabrique Papa, j'entends seulement des bruits de métal dans l'appentis. Je cours déposer les saponaires dans la cabane. Au pied de la table je bute contre son sac, le canon du fusil en dépasse. June gît sur sa couche, elle émet des grognements. Je vérifie son pansement ; il a l'air de tenir. Un coup de vent fait claquer la porte. Il faut aller chercher Maman, l'orage va éclater.

Mais dehors Maman reste immobile, son visage tourné vers le ciel. Elle contemple le nuage qui se meut désormais au-dessus de sa tête, ramassé puis distendu, animé de rotations et de dilatations brusques, composé de milliers de petits points noirs qui, en s'agrégeant, forment des vagues. Un immense essaim de piaillements.

Au moment où Papa sort de l'appentis, le lance-flammes entre les mains, je comprends. Avant que j'aie pu faire quoi que ce soit, il vocifère.

Dans la maison !

Lui aussi vient de voir les étourneaux.

Maman ne réagit pas, médusée par la beauté du spectacle. La voix de Papa, pressante, catégorique.

Tout de suite !

Mais un éclair zèbre le ciel. Blanc et fin, queue de comète ou d'hermine, c'est fugace et beau, fantôme de pinceau.

Sur l'épaule de Maman, une fiente d'oiseau. Je me contracte.

Papa blêmit, cherche ses mots.

N'approchez pas. Voilà ce qui sort, coupant, aberrant. Encore plus aberrant, le voilà qui endosse le lance-flammes. Je ne peux pas le croire. Comment pourrait-il faire ça ?

Pourtant il se dirige vers Maman. Canon en avant.

Un clic, la valve d'essence. Un autre, la gâchette

d'allumage. Je me jette sur lui. Il me fait valdinguer d'un coup. *On n'a pas le choix, Gemma ! Tu comprends, on n'a pas le choix !*

Tout en moi refuse ce qui est en train de se produire, je me jette aux pieds de Papa, le conjure, *S'il te plaît, s'il te plaît,* les mots lancent des torches d'espoir, des *peut-être* et des *si,* dans lesquels Maman n'est pas contaminée. Mes *s'il te plaît* vibrionnent autour de Papa, lui tournent la tête, suspendent son geste.

Il finit par baisser son arme. Sa voix tranche l'air. C'est comme je veux. Maman va rester là. En quarantaine. Mais il fait le pari qu'avant demain elle y passera. Et ce ne sera pas joli à voir. En attendant, personne ne l'approchera. Il y veillera.

Et il brandit son lance-flammes.

Puis il va s'asseoir sur sa pierre, devant la maison.

Le vol d'étourneaux a disparu derrière la montagne. Maman s'est agenouillée. Elle n'a pas cherché à discuter la décision, sait que Papa ne fléchira pas. Elle me regarde avec ce drôle de gris dans le sourire. Si la confiance devait avoir une couleur, ce serait celle-ci.

Et Maman fait ce qu'elle sait le mieux faire. Elle se met à parler. À parler du monde d'avant.

Elle dit la mer et les bateaux qui quittent le port.

Elle dit les pistes de décollage et les lucioles de la ville quand on atterrit la nuit.

Elle dit les gares et leurs horloges au ventre rond. La langue énorme des escaliers qui donnent sur l'avenue et les vendeurs à la sauvette sur les marches.

Maman n'en finit plus de dire et je m'assois par terre, peuple l'horizon de ses mots, de leur son, de leur odeur, j'assemble tout, les cornets de frites, le bout des cigarettes la nuit, la rumeur lointaine d'une cour d'école, les moustaches du marchand de journaux, les néons dans le métro, le bip du four quand il atteint 200 °C, le grand huit des échangeurs d'autoroute, le faux plafond des salles d'attente, et j'y ajoute du mortier, des briques, des lampadaires et quelques écureuils pour qu'ils sautent dans les érables d'un parc, je construis une ville, une ville un matin de juillet. Il fait chaud et Maman quitte la maison, elle entre dans sa voiture, allume le poste de radio, augmente le volume. Il y a cette chanson, *Hippie Hippo Pop*, ces *dililililili* dans le refrain, comme les boucles serrées des cheveux de June. June n'est pas encore née, bientôt mais pas encore. Maman l'aime déjà, *Dilililili, ma chérie.* Elle entre dans la ville au milieu des klaxons, des odeurs de goudron, *noir, noir comme la surface d'un gâteau brûlé, avec cet arôme d'huile de cade*, et tout ce noir elle le mange parce que c'est incroyablement bon.

Maman n'en finit plus de dire la beauté de la ville, s'arrête à un moment pour éternuer mais je peux me tromper, le vent souffle de plus en plus fort.

La porte de la maison claque. Je me retourne. Assis sur sa pierre, Papa ne bouge pas, maugrée quelque chose qui ressemble à *Ta gueule, Alexandra.*

A-t-elle entendu ? Je ne pourrais l'affirmer. Elle hausse le ton, ses yeux s'obscurcissent, et elle dit les tempêtes et les cumulonimbus qui s'amoncelaient au-dessus de la mer, rabattaient les vagues sur leur maison, elle parle de leur fracas et de leur écume. Ainsi Maman appelle les tornades et les cataclysmes ; soudain des nuées se forment à l'est et à l'ouest, elles bourgeonnent l'horizon de colère. À un moment, la voix de Maman crève le ciel ; un éclair tombe à côté d'elle. Immédiatement après, le bruit du tonnerre.

Papa contemple le désastre depuis sa pierre.

Je cours me mettre à l'abri, ne quitte pas Maman des yeux.

Tout est gris, puis intensément blanc, puis à nouveau gris. Le ciel est une lame de rasoir. Les lèvres de Maman bougent, mais ses paroles sont couvertes par le bruit des gouttes qui martèlent le toit. Je n'ai pas besoin d'entendre, je sais que Maman commande aux éléments. Elle abat sur nous le déluge et le chaos et je reste là, impuissante, les yeux liés à elle jusqu'à l'épuisement.

Avant de perdre mes dernières forces, je quitte la fenêtre, m'occupe des saponaires. Je les pile, ajoute la mixture obtenue à de l'eau bouillie, laisse le tout refroidir puis lave la blessure de June avec ce mélange. Pendant tout ce temps, ma sœur marmonne dans son sommeil. Papa ne quitte pas son poste de guet.

Au bout des mots et de la nuit, je m'endors.

*

Un bruit de toux me réveille. C'est le matin, il ne pleut plus. Maman est recroquevillée au bout du jardin, son corps secoué. Entre deux expectorations, elle ânonne.

Des sifflements ont envahi sa poitrine. Son dos est courbé, fatigué. Je supplie Papa de la laisser entrer. Elle a pris froid, il faut qu'elle se réchauffe. Papa éclate de rire. *Un coup de froid ? Tu plaisantes ? Ta mère a été contaminée.* Je ne plaisante pas, si on ne fait rien, Maman va y laisser sa peau. Papa lève les yeux au ciel. Puis me dévisage avec méchanceté. Que je le veuille ou non, ce sera plié dans la journée. Puis il se remet à astiquer son canon. Les larmes noient ma bouche. Je voudrais lui hurler que c'est une bronchite, rien qu'une bronchite, *Moi aussi j'ai touché un oiseau, je ne suis pas morte !* mais c'est impossible. Papa me tuerait ; Maman et June ont besoin de moi.

Les cernes de Maman se creusent. Au fil de la matinée, les mots s'espacent, ouvrent des vides et des creux au bord desquels j'éprouve une sorte de vertige, des espaces au-dessus desquels il ne faudrait pas se pencher. Je m'accroche à la rambarde. Maman tousse plus fort, s'étouffe. Mes jambes flageolent, je parviens à dépasser la pierre de Papa, titube quelques pas.

Sa voix tranchante.

Pas plus loin.

Pourtant ma poitrine est appelée vers l'avant. Un pas de plus. Un clic, celui de la valve d'essence. Je me fige.

Maman tourne vers moi son visage, *Mon amour, mon cabri*, elle le dit avec des suspens et des trêves, bute sur les lettres, et chaque fois son corps se froisse. Ses mots sont pâles et vert d'eau, ils neigent autour de mes épaules, flocons d'or, akènes que je voudrais rassembler par brassées, comme j'étreindrais Maman qui s'enfuit, éparpillée dans le vent, si douce, si légère, plume de chouette, bout de papier.

Elle dit *Mon.* Et longtemps après, *amour.* Puis de nouveau *Mon.* Plusieurs minutes, et *cabri.* Je sais que Maman dépérit. Ce ne sont ni les oiseaux ni la pluie qui la tuent. C'est Papa qui l'assassine. Je m'apprête à me lancer contre lui. Mais au moment de prendre mon élan j'aperçois, qui remonte la pente vers la maison, la silhouette famélique du vieux, l'aigle posé sur son bras. Tous deux forment un équipage aussi courageux que dérisoire : que peuvent un oiseau et un fou contre un géant ? Papa va les écraser d'un coup de pogne.

À terre, Maman psalmodie.

Quand Papa découvre le vieux, il se lève d'un bond. L'oiseleur crie *Aux braves sans descendance, les oiseaux et le ciel !* et l'aigle s'envole vers moi. Ce dernier ouvre ses ailes immenses et protectrices, qui m'entourent de leur bouclier. Le visage de Papa se fissure, hébété, délirant.

Un clic, la valve d'essence.

Je regarde Maman, adieu Mummy, adieu ma vie. Ses lèvres qui remuent. Sa bouche qui dessine des amours sublimes.

Pan !

June est debout dans l'encadrure de la porte. À moitié nue dans sa robe de satin. Tremblant de tout son corps, le fusil encore chaud en mains.

Le sang brode une fleur rouge dans le dos de Papa.

June récite à voix basse

J'honore ta présence
J'honore ton flair
J'honore ton sang

Papa vacille. June pleure.

Là-bas, les enfants donnent à manger aux poules !

Voilà ce qu'elle dit. Des larmes affluent aux yeux de Papa. Elle continue.

Tu nous as menti !

Papa s'affale sur ses genoux, le visage déformé par la douleur. Les murs du Sanctuaire s'effondrent sous ses yeux.

Dans un ultime effort, il nous adresse un regard. Un regard d'amour fou.

Je vous aimais trop.

Puis il tombe. Face contre terre.

*

Le vieux s'est volatilisé. L'aigle reste à mes côtés.

Je me précipite vers Maman, la soulève. *Ça va aller.* June lâche le fusil, clopine en pleurs vers nous. Nous nous serrons toutes les trois face aux vallées. Aucune de nous ne se retourne.

Le corps de Papa restera ici.

Dans son Sanctuaire.

Un pas, puis un autre. Nous entamons la descente.

Un peu plus loin, une mésange pépie.

On dirait qu'elle fredonne l'air de *Hippie Hippo Pop.*

MERCI

Aux miens : Stéphane, Louison, Violette, Rollande, Jean-Fabien, Ninon, Christine, Jean-Manuel et Caroline.

À tous ceux qui ont accompagné l'écriture de ce texte : Audrey, Paul-André, Isabelle, Sébastien, Cécile, Gilliane, Dominique, Hélène, Sonia, Michel, Florent, Marianne, Donata, Judith, Jean-Luc, Sandrine et Henri.

Aux libraires et aux lecteurs qui donnent du courage.

Aux rapaces au-dessus de notre maison et à mes filles qui savent leur parler.

À Marc Villemain et Valérie Millet qui n'ont jamais cessé d'être là.

DE LA MÊME AUTRICE

Aux Éditions du Sonneur

UNE IMMENSE SENSATION DE CALME, 2018 (Folio n° 6808). Prix SGDL Révélation.

LE SANCTUAIRE, 2020 (Folio n° 7037). Grand Prix de l'Imaginaire.

L'AUTRE MOITIÉ DU MONDE, 2022.

Tous les papiers utilisés pour les ouvrages des collections Folio sont certifiés et proviennent de forêts gérées durablement.

Composition Nord Compo
Impression Novoprint
à Barcelone, le 30 novembre 2022
Dépôt légal : novembre 2022
1er dépôt légal dans la collection : décembre 2021

ISBN 978-2-07-293402-5 / Imprimé en Espagne

593174